最美的一首詩

世界短詩精選130家

葉怡成◎編譯

– 序 –

　　詩歌是古老的文學形式，世界各文明都出現過偉大的詩篇，但有鑑於讀者對外國詩歌較陌生，現代人的閒暇時間也較破碎，因此本書的目標是選出「古今最偉大」的外國短詩，供詩歌愛好者閱讀。

　　本書共收錄130家詩人，約370首短詩，地區涵蓋全世界五大洲，時代包括上古（西元500年以前）、中古（西元500年到1450年）、近代（西元1450年到1800年）、現代前期（西元1800年到1915）、現代後期（西元1915年到1971年）五個時期。

　　寫作風格多元，包括古典主義、浪漫主義、現實主義、現代主義、後現代主義。

　　作品題材多樣，包含愛情、思鄉、送別、閨怨、歸隱、自述、悼念、絕命、哲理、寓言、格言、懷古、諷刺、寫實、政治、反戰、宗教、田園、山水、四季、詠物、動物、植物、勞動、飲酒、題壁、書信、童詩……不勝枚舉。

　　這本書收錄的作品除了日、韓、越的漢詩作品不需翻譯外，其餘作品是編譯者參酌原作的各種英文譯本翻譯為中文，共費時約五年，心得可歸結兩句話：

<blockquote>
詩歌盛國家未必興
國家興則詩歌必盛
</blockquote>

編譯者 葉怡成

目錄

— 導讀 —

一、 編選的原則

本書的目標選出「古今最偉大」的短詩,供詩歌愛好者閱讀。在編選時依照以下原則:

(一)短詩的定義

短詩以一百字以內為原則,但部分時空滿足這個標準的作品太少,會放寬到一百五十字左右。因此,日本的俳句、波斯的魯拜都滿足這個定義,而歐洲曾風行一時的十四行詩原則上排除,但部分傑出詩人無短詩滿足上述標準時,仍會收錄其十四行詩的代表作。

(二)詩歌數的限制

古今中外偉大的詩作何其多,滄海遺珠是必然。本書原本計畫選錄300首詩歌,但這實在太痛苦了,怎能忍心把許多偉大詩歌排除?一直到了接近370首,才覺得勉強可以接受。雖然還是難以涵蓋多數傑作,但再多下去,就會有失焦,與篇幅太長的問題,只能忍痛割愛。

(三)文化的平衡性

全世界五大洲的詩歌都是我們收錄的範圍,但讀者對中文詩歌較熟悉,因此排除在外,不過日、韓、越的漢詩仍在收錄之列。本書共選錄了131位詩家的短詩,其中英國與愛爾蘭21家、法國7家、德國與奧地利6家、俄國7家、歐洲(英法德俄之外)17家、美國與加拿大8家、拉丁美洲2家、日本20家、東亞(日本之外)29家、南亞與西亞12家、非洲與大洋洲2家。上述日本、東亞、南亞與西亞、非洲與大洋洲共63家,因此東西方文明大致平衡。希望這本詩集能為讀者們打開一扇眺望全球的無邊窗口,除了閱讀中文的偉大詩歌外,也能多了解世界各地的偉大詩歌。

(四)時代的平衡性

從上古到當代的詩歌都是我們收錄的範圍，我們將詩歌編成五個時期：上古（西元500年之前）、中古（西元500年到1450年）、近代（西元1450年到1800年）、現代前期（西元1800年到1915年）、現代後期（西元1915年到1971年），希望為讀者們建造一條貫通古今的時光隧道，認識歷史上各時代的偉大的作品。上述五個時期各收錄了9、25、17、41、39家，共131家的作品。

　　（五）作者的多樣性

　　古今中外偉大的詩人、作品何其多，滄海遺珠是必然。本書選錄了近370首詩歌，分屬約131位詩人。對於偉大的詩人，我們不吝給予篇幅，而一些名氣較小的詩人，但有很傑出的作品，我們也會選錄一首。本書希望為讀者們搭建一個廣納四海的詩歌樂園，結交更多的詩人、閱讀更多樣化的作品。

　　二、 編排的原則

　　本書的編排依照：時代、地區、詩人、作品四個層次排列：

　　（一）時代

　　將世界各國詩歌分成五個時代。並以一首該時代的代表詩作的題目當作「篇名」：

　　第一篇：打穀人的歌謠——上古時期（西元500年之前）

　　第二篇：荒野天堂——中古時期（西元500年到1450年）

　　第三篇：我可把妳比作夏日——近代時期（西元1450年

到1800年）

　　第四篇：夜有千眼——現代前期（西元1800年到1915年）

　　第五篇：黃金時代不能留——現代後期（西元1915年到1971年）

　　（二）地區

　　在每一個時代，再區隔幾個地區，例如上古分大河文明（古印度、古埃及、古希伯來）、古希臘、古羅馬等三個區域。原則上地區是依照先西方而後東方的順序排列。

　　（三）詩人

　　在每一個時代、地區，詩人按照出生順序排列，但歸入哪一個時代取決於他的創作生涯大多數在哪一個時代。因為壽命長短不同，偶爾有跨越時代交替的詩人，雖然出生早於另一詩人，卻因創作生涯大多在下一個時代，而被列入下個時代。共收錄131家。

　　（四）作品

　　同一詩人的作品原則上依照先短後長的順序排列。共收錄約370首詩歌。

　三、 翻譯的原則

　　（一）句長原則：如果原作句子長短大致相同，則在翻為中文詩時，根據原作句子長短，全詩採用相同長度句子來翻譯，一般採用六言、七言、八言的句子。如果原作句子長短參差不齊，則翻為中文詩時採用自由詩體裁來翻譯。

　　（二）押韻原則：能押韻則押韻，但不為韻害意。

　　（三）格律詩原則：特殊格式的詩，尊重其原有格式，

例如俳句以翻譯成三句，魯拜以四句，十四行詩以十四句中文詩為原則。

　　（四）信達雅原則：「信」是忠於作者，翻譯要精準到位。「達」是體貼讀者，翻譯要通順易懂。「雅」是發揮譯者，翻譯要藝術優雅。但三者有優先順序，不能為雅損達，求達害信。

第一篇 打穀人的歌謠

上古時期（西元 500 年以前）

第一章 大河文明詩歌選

古印度詩選（1首）

蘇摩酒（《梨俱吠陀》第9卷第112首）

世人願望百百樣：木匠等待車子壞，
醫生盼人腿跌斷，婆羅門望施主到。
蘇摩酒啊！快爲陀羅神流出來。

鐵匠木柴送火爐，大鳥羽翼煽火焰，
鐵砧穩穩爐火邊，就等多金主顧到。
蘇摩酒啊！快爲陀羅神流出來。

我是詩人父醫生，母親忙著推石磨，
大家都像牛一樣，努力勤奮爲幸福。
蘇摩酒啊！快爲陀羅神流出來。

馬願輕鬆拉車輛，快活人愛笑滿堂，
男想女人到身旁，青蛙盼望大水塘。
蘇摩酒啊！快爲陀羅神流出來。

——《梨俱吠陀》（西元前2000年—前1500年）

《梨俱吠陀》（The Rig Veda）全名《梨俱吠陀本集》，漢譯名稱為《歌詠明論》，是一部古印度詩歌總集，包括1028首詩。它以口傳方式保存下來，是印度文學之源。它是吠陀經中最早出現的一卷，成文於西元前16世紀到前11世紀。「吠陀」的字面意思是「明」，即「知識」之意。

　　〈蘇摩酒〉這首詩以幽默的筆法敘述了尋常百姓對追求美好生活的渴望。這首詩可能是蘇摩酒工匠的工作歌，工匠們一邊工作一邊唱歌，具有祈福、娛樂的作用。陀羅神即因陀羅，又名帝釋天，印度教神明，吠陀經籍所載眾神之首。

古埃及人詩選（2首）

打穀人的歌謠

公牛公牛，拚命打穀！母牛母牛，拚命打穀！
剩下麥杆，晚上飼料，豐美穀子，交給主人。
公牛母牛，不要偷懶，感恩老天，今天涼爽。

搬穀人的歌謠

難道我們不能休息，搬大麥忙扛小麥忙？
倉庫已經裝得滿滿，穀子都滾到了路旁；
大船已經裝得滿滿，穀子都流入了水塘，
還是逼著我們搬扛，我們主子鐵石心腸！

—— 古埃及人（佚名）（約西元前2000年—前50年）

古埃及文明大約出現在西元前5千年，在約前3100年埃及成為統一的國家，由法老統治。前332年時埃及被亞歷山大大帝征服。亞歷山大死後，其部將托勒密一世占領了埃及，建立了托勒密王朝，也被稱為法老，但當時的埃及已經是徹底在外族人的統治下了。托勒密王朝於克麗奧佩特拉七世（埃及豔后）死後，被羅馬滅亡。

　　上面兩首詩歌是現代考古發現的古埃及民歌，以樸實無華的形式展現了人民的日常生活，與中國詩經的寫實主義有幾分相似。

　　〈打穀人的歌謠〉這首詩可能是農奴的工作歌，以公牛母牛暗喻替主人辛苦勞動的農奴，最後一句「感恩老天，今天涼爽」是一種自嘲。

　　〈搬穀人的歌謠〉第二、三段以對句

　　倉庫已經裝得滿滿，穀子都滾到了路旁；

　　大船已經裝得滿滿，穀子都流入了水塘，

　　鮮活地把豐收具象化，同時凸顯與諷刺了主人的鐵石心腸。

　　同樣地，中國詩經「伐檀」（白話版）也寫道：

　　不播種不收割：為何滿院穀糧？

　　不追捕不打獵：為何滿庭肉乾？

　　對統治階級的不勞而獲提出了指控。

大衛王詩選（1首）

《詩篇》第23篇

耶和華是我的牧者，我生活必不致匱乏。
祂使我躺臥青草上，領我可安歇的水旁。
祂使我的靈魂甦醒，引導我為名聲行義。
雖然行過死蔭幽谷，有祢同在不怕遭害。
祢的杖可以安慰我，祢的竿也能安慰我。
在我的敵人的面前，祢為我擺設了筵席。
祢用油膏塗我的頭，祢使我的福杯滿溢。
我的一生一世必有，恩惠慈愛跟隨著我。
我要住耶和華殿中，直到永遠。

—— 大衛王（西元前1040年—前970年）

以色列人即猶太人，西元前6世紀以前稱希伯來人。《塔納赫》是猶太教的經典，後來的基督教稱之為《希伯來聖經》或《舊約聖經》。經過數百年的時間寫成（約西元前1400年—前400年），大約從囚禁巴比倫城開始，到西元前一世紀完成，在西元100年前後由宗教會議確立版本。它由《律法書》《先知書》《智慧書》三個部分構成，其中《文集》包含了許多詩歌，包括詩篇、約伯記、雅歌、耶利米哀歌。《詩篇》是古代以色列人的詩歌集，包括150首可用音樂伴唱的神聖詩歌，供人在耶路撒冷的聖殿唱詠之用。它是《希伯來聖經》中第19本書，是舊約聖經詩歌智慧書的第二卷。

　　《詩篇》（Psalms）第23篇的作者是大衛王（King David）。他是西元前十世紀以色列聯合王國的第二任國王，在位四十年。由於大衛原是牧人，這篇以牧人和羊作比喻的詩篇合乎他的出身，詩的內容也精確地對應了他顛沛流離的人生經歷。

　　第23篇是《詩篇》中最著名的詩之一。這首詩歌的主題是說到上帝扮演保護者和供應者的角色，因而為猶太人和基督徒所喜愛。《詩篇》第23篇已經多次被聖詩作者譜上樂曲。由於詩中提到安慰與保護，以及曲調為人們所熟知，第23篇成為基督教葬禮儀式中的重要部分。

第二章　古希臘詩歌選

莎芙詩選（3首）

銀月

月落七星沒，子夜時辰過。
青春寸寸短，繡床仍獨臥。

暮色

晨星散開了萬物，晚星喚回了他們。
帶回綿羊帶山羊，帶回牧童回母旁。

致阿爾凱奧斯

記得你曾對我說：有一事羞於開口。
口中甜言想要說，眼中神色自害羞。
情話儘管坦白說，切莫讓我等太久。

—— 莎芙（西元前630年—前570年）

莎芙（Sappho）是古希臘的女詩人，一生寫過不少情詩、婚歌、頌神詩、銘辭等。有人稱莎芙為「第十繆斯」。

　　〈銀月〉是一首少女對愛情渴望的情詩，「青春寸寸短，繡床仍獨臥」凸顯少女的焦慮。

　　〈暮色〉「晨星散開了萬物，晚星喚回了他們」把「晨星」「晚星」擬人化，「帶回牧童回母旁」給人安詳的感覺。

　　〈致阿爾凱奧斯〉是一首少女對給愛人的情詩（情書）。詩中點明情人「口中甜言想要說，眼中神色自害羞」，要他「情話儘管坦白說，切莫讓我等太久。」少女羞怯又大膽的矛盾心態一覽無遺。

西摩尼得斯詩選（3首）

溫泉關憑弔

若經吾土，轉告吾民。
戰士遵命，在此長眠。

悲歌

人生在世，莫論明日。
見人幸福，莫說多久。
蜻蜓點水，霎時無蹤。
人生無常，更勝一籌。

人若滄海粟

人若滄海粟，懷憂難解愁。
人生已短促，苦去勞續留，
旦夕天降禍，千慮難逃走。
一旦命當盡，貴賤同歸塚。

——西摩尼得斯（西元前556年—前468年）

西摩尼得斯（Simonides）是古希臘抒情詩人，創作有讚美詩，警句詩和輓歌等。

〈溫泉關憑弔〉是詩人晚年到溫泉關憑弔時所作，簡短，無華麗詞藻，但十分感人。西元前480年，波斯人入侵希臘，斯巴達王率三百壯士死守溫泉關，最後全部陣亡。這首詩的英文版之一如下：

When you visit Sparta, tell them:

Here, the soldiers kept their word.

〈悲歌〉把「人生無常」寫得淋漓盡致。「蜻蜓點水，霎時無蹤」，為何「霎時無蹤」？「蜻蜓點水」是為了產卵，但水面與水下獵食者出沒，危機四伏。然而「人生無常，更勝一籌」。

〈人若滄海粟〉把人生的蒼涼無助感寫到極致。人生經常「苦去勞續留」而非「苦盡甘來」；即使小心謹慎，仍是「旦夕天降禍，千慮難逃走」。最後一句「貴賤同歸塚」更是神來一筆。

柏拉圖詩選（2首）

星

你愛夜夜望銀河，我願化爲滿天星。
一身星斗萬眼睛，千里送來思慕情。

鄉間的音樂

你坐松樹下，西風吹葉響。
我奏七弦琴，潺潺小溪旁。
催你闔眼皮，進入甜夢鄉。

——柏拉圖（西元前427年—前347年）

柏拉圖（Plato）是古希臘哲學家，他的著作大多以對話錄形式展現，並創辦了著名的學院。柏拉圖是蘇格拉底的學生，也是亞里士多德的老師，他們三人被認為是西方哲學的奠基者，史稱「希臘三哲」。

　　〈星〉首二句各以「你愛」「我願」開頭，以銀河、滿天星串聯，寄託了思念。「我願化為滿天星，一身星斗萬眼睛」，以一閃一閃的星斗比喻眼睛，再以滿天星斗「千里送來思慕情」。

　　〈鄉間的音樂〉首二段各以「你坐」「我奏」開頭，匯合了天的葉聲、人的琴聲、地的水聲，天地人合一的美妙聲音，讓心愛的人進入夢鄉。

第三章 古羅馬詩歌選

卡圖盧斯詩選（1首）

我的愛人說

我的愛人對著我說：
除了我她誰也不嫁，
即便天神宙斯追她。

但女人熱戀說的話，
只適合寫在微風中，
或者是湍急的水上。

——卡圖盧斯（約西元前84年—前54年）

　　卡圖盧斯（Gaius Valerius Catullus）是古羅馬詩人。在奧古斯都時期，卡圖盧斯享有盛名，然而後來慢慢被湮沒。現在所有卡圖盧斯的詩歌版本均源自14世紀發現的抄本。他繼承了莎芙的抒情詩傳統，對後世詩人如彼特拉克、莎士比亞等產生了深遠的影響。

　　〈我的愛人說〉以幽默的手法寫了詩人對愛情的看法。「但女人熱戀說的話，只適合寫在微風中，或者是湍急的水上。」在「微風」或「湍流」上寫下熱戀誓言，可說絕妙。宙斯是古希臘神話中統領宇宙的至高無上天神，很有女人緣，並與多位女神、女人外遇。

賀拉斯詩選（1首）

我立了一座紀念碑

巍巍紀念碑，歲月不能摧。
青銅般堅固，金字塔雄偉。

雨水難侵毀，狂風難逞威。
無盡光陰過，死神來幾回。

榮譽一日在，生命自然維。
祭典不間斷，盛名永不退。

——賀拉斯（西元前65年—前8年）

賀拉斯（Horace）是羅馬帝國奧古斯都（屋大維）統治時期的詩人、批評家、翻譯家，代表作有《詩藝》等。他是古羅馬文學「黃金時代」的代表人之一。作為翻譯家，受西塞羅的文學批評和理論的影響，他對翻譯的主張主要有以下兩點：（1）翻譯必須堅持活譯，摒棄直譯；（2）本族語可通過譯借外來詞加以豐富。他在《詩藝》中說過：「忠實原作的譯者不會逐詞死譯」。

〈我立了一座紀念碑〉這首詩歌頌了名譽。先以「青銅般堅固，金字塔雄偉」做為硬體，抵抗了「光陰」與「死

神」，再以「祭典不間斷，盛名永不退」做為軟體，讓英名傳到千秋萬世。人類正是透過年復一年的祭典來傳達並鞏固文化與信仰。

俄國文豪亞歷山大·普希金（1799年—1837年）也曾創作一首題為「紀念碑」的詩如下，讀者可以比較：

我豎立雄偉紀念碑，過來的路永不荒蕪，
驕傲碑頂抬頭超越，亞歷山大著名石柱！

我不消失永遠青春，靈魂活在七弦琴聲，
只要還有詩人歌頌，世上人們將會記住。

榮耀飛越了俄羅斯，各以母語對我稱呼，
不論斯拉夫或芬蘭，或養馴鹿通古斯人。

人民對我永遠景仰，因我點燃他們良知，
亂世我用自由之火，照亮了他們的心房。

繆斯追隨神的召喚，不求花環不懼苦難，
讚美蔑視皆歸塵土，愚人紛爭不屑一顧。

馬提亞爾詩選

諷刺詩四首

之一
這詩是我寫的，但有你這樣的傻瓜朗讀，
我寧可這詩不是我寫的。

之二
爲什麼我不肯送你一本我的詩集？
因爲我怕，怕你也送我一本你的。

之三
你活著的時候不肯給我，說死後再送我。
只要你不是笨鳥，都知道我在盼望什麼！

之四
你常辦奢宴，又不肯邀我，我計畫報復。
如果你現在，跪下來求我，說歡迎光臨。
我大聲回敬：馬上到！

——馬提亞爾（西元40年—104年）

馬提亞爾（Marcus Valerius Martialis）是古羅馬詩人。早年生活貧寒，後來憑藉詩歌聞名於世。其作品取材廣泛，描述了當時羅馬社會的複雜景象，多帶有諷刺性，通常為短篇。

　　〈諷刺詩四首〉這四首詩每一首都尖酸刻薄，也十分幽默滑稽。第四首更以「我大聲回敬：馬上到！」自嘲一番，在自嘲中也嘲諷了社會的現實。

第二篇 荒野天堂

中古時期（西元 500 年到 1450 年）

第一章 東亞詩歌選

大伴旅人《萬葉集》和歌選

贊酒歌（13首，選5首）

1

世上無聊事，何需反覆慮？
一杯清酒在，月下可自娛。

2

自作聰明人，闊論復高談。
不如飲美酒，醉臥可好眠。

3

不成人中傑，就當壺中仙。
腹中常有酒，玉露透膚顏。

4

故作聖賢狀，醜態難語言。
爲人不飲酒，一生不如猿。

5
生者終將死，死者去何處？
今日尚在世，不樂待何時？

——大伴旅人（西元665年—731年）

　　大伴旅人（Ōtomo no Tabito）是奈良時代初期的政治
家、歌人。著名詩人大伴家持是其兒子。其漢詩被收入漢詩
集《懷風藻》，《萬葉集》中也選錄了他的和歌。
　　〈贊酒歌〉這組詩頗有李白的瀟灑。大伴旅人的「一杯
清酒在，月下可自娛」與李白〈月下獨酌〉的「花間一壺
酒，獨酌無相親」相輝映。「故作聖賢狀，醜態難語言。為
人不飲酒，一生不如猿。」與李白的〈將進酒〉「古來聖賢
皆寂寞，惟有飲者留其名」同樣張狂。

有智子內親王漢詩選（2首）

奉和巫山高（漢詩）

巫山高且峻，瞻望幾岧岧。
積翠臨滄海，飛泉落紫霄。
陰雲朝晻曖，宿雨夕飄颻。
別有曉猿叫，寒聲古木條。

春日山莊（漢詩）

寂寂幽莊水樹裡，仙輿每降一池塘。
林棲孤鳥識春澤，隱澗寒花見日光。
泉聲近報初雷響，山色高晴暮雨行。
從此更知恩顧渥，生涯何以答穹蒼？

　　　　　　　──有智子內親王（西元807年─847年）

有智子內親王是嵯峨天皇之第八皇女。平安時代初期的皇族、漢詩詩人。

　　〈奉和巫山高〉是奉命應和之作，但詩意高雅。末句「別有曉猿叫，寒聲古木條」猿猴的淒涼叫聲叫得參天古木都蕭條，是神來一筆。

　　〈春日山莊〉前六句以清新脫俗的詩句形容了山莊有如仙境，其中「泉聲近報初雷響」以隱隱「初雷」比喻「泉聲」，令人感受到泉水飛濺。最後以一句「從此更知恩顧渥，生涯何以答穹蒼？」總結了對「山莊」的滿意，也表達了受贈的感恩，恰如其分地對應詩人的皇女身分。

小野小町和歌選（10首）

輾轉久相思

輾轉久相思，伊人終入夢，
若知原是夢，寧願不醒人。

春雨一季

春雨一季，花色已然洗去。
悠思一生，美人悄然虛度。

此愛是眞亦是夢

此愛是眞亦是夢？無從知曉，
無論是眞亦是夢，皆難相守。

此身寂寞漂浮

此身寂寞漂浮，如斷根蘆草，
倘有河水誘我，身何以自持。

沿著夢徑

沿著夢徑不停走向你，
但那樣的幽會加起來，
寧換塵世一分鐘通融。

人說秋夜漫長

人說秋夜漫長，
我們相看一眼，
卻已天明。

相思至極

見不到你在暗月之夜，
我清醒渴望你。
胸部熱漲，心在燃燒。

百花春野可爭豔

百花春野可爭豔，
為何我不能嬉戲，
無懼責備自人間？

我知道在塵世

我知道在塵世，
我們只能如此，
但太殘酷啊 ——
即便夢中也得躲避眼光。

秋風結露草上

秋風結露草上，
舊如去年秋天。
唯我袖上淚水，
一滴一珠皆新。

—— 小野小町（約西元809年—901年）

小野小町（Ono no Komachi）是平安時代早期和歌女歌人，是「六歌仙」和古今和歌集收錄的唯一女歌人。

　　這些作品幾乎都是情詩。

　　〈輾轉久相思〉「若知原是夢，寧願不醒人」令人心疼。

　　〈此身寂寞漂浮〉以「斷根蘆草」，受「河水」所誘，引出「身何以自持」，表達出對愛情的渴望。

　　〈秋風結露草上〉先說「秋風結露草上，舊如去年秋天」對比「唯我袖上淚水，一滴一珠皆新」，以露珠對淚珠，以去秋對現今，相思情深。

紀貫之和歌選（6首）

降雪

薄霧樹吐芽，早春天飄雪。
野村無花時，尚可見雪花。

秋山

秋山編織秋葉，面對這般錦繡，
即使住在山裡，也想往山中去。

聞杜鵑啼

五月黃梅時，青天響悲聲。
杜鵑憂何事，夜啼至天明。

春來

春天來臨時，我看到梅花在我院裡。
在一千年後，我看到花瓣在你髮裡。

山櫻

山櫻穿過漂霧，
依稀看見麗人，
我心渴望已久。

埋入冬天

在樹林間，
想像花朵在落雪中，
出乎意料埋入冬天。

——紀貫之（西元872年—945年）

紀貫之（Ki no Tsurayuki）是平安時代前期的歌人。
『古今和歌集』的編者之一，三十六歌仙之一。

〈秋山〉「秋山編織秋葉，面對這般錦繡」是寫景，
「即使住在山裡，也想往山中去」是寫意，景意相輝映。

〈春來〉「春天來臨時，我看到梅花在我院裡」但為何
「在一千年後，我看到花瓣在你髮裡」？讀者是否讀出這中
間輪迴轉世的愛情呢？愛爾蘭詩人王爾德〈給妻一本我的詩
集〉有一段「如果飄零的花瓣，有一片你覺得美，愛將飄盪
又迴旋，直到落在秀髮間。」（收錄於本書163頁）相較之
下，紀貫之的意境略勝一籌。

和泉式部和歌選（10首）

獨臥

獨臥，我的黑髮散亂，
渴望那最初
梳理它的人。

久候那人若眞來了

久候那人若眞來了，
今晨花園鋪滿白雪，
怎忍足印。

世無顏色稱「戀」

世無顏色稱「戀」，
然而心卻被它
染得五彩繽紛。

梅花與明月

我說不清誰是誰：
光潤梅花；
春夜明月。

碎成了千片

此心想念你，
碎成了千片，
我一片也不願丟棄。

一開即落

快來吧，這花一開即落。
這世界的存在，
有如花上露珠。

雖然我們相識

雖然我們相識，衣服未曾相親，
秋風起時
發覺相思。

盡力

盡力試著堅持，心中佛陀教誨；
還是忍不住聽，窗外蟋蟀聲催。

朝思暮想

朝思暮想，吾身螢光。
魂牽夢縈，吾魂點點。

望月

望月到黎明，一人遊遍天。
只好自安慰，夜色已覽全。

——和泉式部（約西元978年—1034年）

和泉式部（Izumi Shikibu）是平安時代中期歌人，中古三十六歌仙、女房三十六歌仙。她是個熱情奔放的天才型詩人。她與枕草子作者清少納言、源氏物語作者紫式部並稱平安時代的「王朝文學三才媛」。

　　〈獨臥〉獨臥，亂髮，梳理，情人，把思念寫得真摯。

　　〈久候那人若真來了〉「今晨花園鋪滿白雪，怎忍足印」中的白雪是少女的芳心，足印是久候的情人，「久候那人若真來了」，白雪怎能不留下深深足印。

　　〈梅花與明月〉月光潤色的「梅花」與春夜襯托的「明月」，梅花明月相輝映，令詩人分不清誰是誰。

　　〈一開即落〉「這世界的存在，有如花上露珠」更何況「這花一開即落」，所以「快來吧」。這比唐朝杜秋娘的〈金縷衣〉「勸君莫惜金縷衣，勸君惜取少年時。花開堪折直須折，莫待無花空折枝。」營造了更強烈的「惜春」意境。

　　〈盡力〉面對「心中佛陀教誨」與「窗外蟋蟀聲催」，少女內心盡力掙扎，還是難免崩潰。

　　〈雖然我們相識〉「秋風起時」感到衣服單薄，想起了另一人的衣服，「發覺相思」，情竇初開。

　　〈朝思暮想〉這二段分別以「吾身」、「吾魂」為眼，化為螢光點點，虛實難分，魂不守舍，相思難解。

　　〈望月〉「只好自安慰，夜色已覽全」孤單相思，夜難成眠，只能自我安慰。

崔致遠漢詩選（5首）

秋夜雨中

秋風惟苦吟，世路少知音。
窗外三更雨，燈前萬里心。

題伽倻山讀書堂瀑布

狂噴疊石吼重巒，人語難分咫尺間。
常恐是非聲到耳，故教流水盡籠山。

古意

狐能化美女，狸亦作書生。
誰知異類物，幻惑同人形。
變化尚非艱，操心良獨難。
欲辨眞與僞，願磨心鏡看。

杜鵑

石罅根危葉易乾，風霜偏覺見摧殘。
已饒野菊誇秋豔，應羨嚴松保歲寒。
可惜含芳臨碧海，誰能移植到朱欄。
與凡草木還殊品，只恐樵夫一例看。

江南女

江南蕩風俗，養女嬌且憐。
性冶恥針線，妝成調管弦，
所學非雅音，多被春風牽。
自謂芳華色，長占豔陽年。
卻笑鄰家女，終朝弄機杼，
機杼終勞身，羅衣不到妝。

────崔致遠（857年─10世紀）

　　崔致遠（Choe Chiwon）是統一新羅時期的文學家，被譽為「東方儒學之宗」，與李奎報和李齊賢被稱為朝鮮文學史上的三大漢詩詩人（樸仁老、鄭澈和尹善道被稱為朝鮮「三大國語詩人」）。
　　〈秋夜雨中〉「秋風惟苦吟，世路少知音。窗外三更

雨，燈前萬里心。」這是一首很有古典美的漢詩，對仗工整，意境高遠。

〈題伽倻山讀書堂瀑布〉「常恐是非聲到耳，故教流水盡籠山」對隱士的內心描寫到位。

〈古意〉「變化尚非艱，操心良獨難。欲辨真與偽，願磨心鏡看。」點出外形的變化尚不難分辨，內在的心機才真的很難認知。很有待人處事的哲理。

〈杜鵑〉以杜鵑比喻高仕，其中「石罅根危葉易乾，風霜偏覺見摧殘。」顯示了貧窮與失意。「已饒野菊誇秋豔，應羨巖松保歲寒。」意喻無秋菊之豔，無巖松之堅。「可惜含芳臨碧海，誰能移植到朱欄。」朱欄喻官場，一身才學只能在鄉野。「與凡草木還殊品，只恐樵夫一例看」杜鵑雖與凡花俗草殊異，但在樵夫眼中，或許不過是薪柴。

〈江南女〉「機杼終勞身，羅衣不到妝」，這與唐朝秦韜玉的〈貧女〉「苦恨年年壓金線，為他人作嫁衣裳。」異曲同工。

李奎報漢詩選（6首）

井中月

山僧貪月色，一併汲瓶中。
到寺方應覺，瓶傾月亦空。

梨花

初疑枝上雪粘花，爲有清香認是花。
飛來易見穿青樹，落去難知混白沙。

代農夫吟 （二首）

之一
帶雨鋤禾伏畝中，形容醜黑豈人容。
王孫公子休輕侮，富貴豪奢出自儂。

之二
新穀青青猶在畝，縣胥官吏已徵租。
力耕富國關吾輩，何苦相侵剝及膚。

詠忘

世人皆忘我，四海一身弧。
豈唯世忘我，兄弟亦忘予。
今日婦忘我，明日吾忘吾。
卻後天地內，了無親與疏。

梅花

庾嶺侵寒拆凍脣，不將紅粉損天眞。
莫教驚落羌兒笛，好待來隨驛使塵。
帶雪更粧千點雪，先春偷作一番春。
玉肌尚有清香在，竊藥姮娥月裏身。

—— 李奎報（西元1168年—1241年）

李奎報（Yi Kyubo）是高麗王朝現實主義詩人，有「朝鮮李太白」之稱，與李齊賢並稱「高麗漢詩雙璧」，兩人與崔致遠一起被稱為朝鮮漢詩三大詩人。

〈井中月〉「山僧貪月色」的山、貪二字用得巧妙，這首詩即使與王維等第一流的唐朝詩人的第一流作品相較，也毫不遜色。

〈梨花〉以梨花暗喻高仕。「初疑枝上雪粘花，為有

清香認是花　。」梨花是白花，因此一開始以為是雪花，因為有清香才認定是梨花。這跟李白〈靜夜思〉的「床前明月光，疑是地上霜」同樣精妙。「飛來易見穿青樹，落去難知混白沙。」當梨花飄盪在青樹之間是顯而易見，但當梨花飄落在白沙之上就看不出來了。似乎又有弦外之音。

〈代農夫吟〉這首詩的獨特之處是以說理的方式而非控訴的方式來為農民代言。「力耕富國關吾輩，何苦相侵剝及膚。」先說農民耕種是立國之本，也關係到吾輩（讀書人或官員）的利益，怎可對農民「剝及膚」。

〈詠忘〉既然是「詠」忘，那麼就是讚美「忘」。「豈唯世忘我，兄弟亦忘予。今日婦忘我，明日吾忘吾。」最後連自己都忘了自己，「卻後天地內，了無親與疏。」之後親疏也不分了，這到底是灑脫，還是對老年癡呆的感嘆？

〈梅花〉「帶雪更粧千點雪，先春偷作一番春。」兩個雪字、兩個春字是絕妙之句。

李齊賢漢詩選（4首）

山中雪夜

紙被生寒佛燈暗，沙彌一夜不鳴鐘。
應嗔宿客開門早，要看庵前雪壓松。

巫山一段雲・瀟湘八景：瀟湘夜雨

潮落蒹葭浦，煙沉橘柚洲。
黃陵祠下雨聲秋，無限古今愁。
漠漠迷漁火，蕭蕭滯客舟。
個中誰與共清幽，唯有一沙鷗。

菩薩蠻・舟中夜宿

西風吹雨鳴江樹，一邊殘照青山暮。
繫纜近漁家，船頭人語嘩。
白魚兼白酒，徑到無何有。
自喜臥滄洲，那知是宦遊。

巫山一段雲・松都*八景：紫洞尋僧

傍石過清淺，穿林上翠微。
逢人何更問僧扉，午梵出煙霏。
草露沾芒屨，松花點葛衣。
鬢絲禪榻坐忘機，山鳥漫催歸。

—— 李齊賢（西元1287年—1367年）

※「松都」曾爲朝鮮古都數百年。

李齊賢（Yi Jehyeon）是高麗王朝末期文臣、詩人、詞人、理學家，在其五十餘年的仕宦生涯中，經歷了七位高麗君主。在元朝京城的高麗忠宣王，曾召李齊賢入元做他的侍臣。他在元大都期間與當代名士廣泛交流，漢詩水準也達到了高麗前無古人的境界。李齊賢的漢詩以近體詩為主，以七律最佳。

〈山中雪夜〉「應嗔宿客開門早，要看庵前雪壓松。」詩中沙彌成了俗人，真正的風雅之士是借宿山寺的宿客，這跟李奎報〈井中月〉「山僧貪月色」的山僧成了對比。「嗔」字與〈井中月〉「貪」字也成了對比。貪、嗔、痴是佛教中的三種煩惱。這兩首都是意境高遠的詩。

〈瀟湘夜雨〉是「瀟湘八景」之一，最早源自北宋沈括的〈夢溪筆談〉，指湖南的湘江流域八大景色。分別為：瀟

湘夜雨、平沙落雁、煙寺晚鐘、山市晴嵐、江天暮雪、漁村夕照、洞庭秋月、遠浦歸帆。李齊賢每一景都以「巫山一段雲」詞牌創作。每一首都分兩段，每一段都是前段寫景，後段寫意。「潮落蒹葭浦，煙沉橘柚洲」、「漠漠迷漁火，蕭蕭滯客舟」寫景；「黃陵祠下雨聲秋，無限古今愁」、「個中誰與共清幽，唯有一沙鷗」寫意。

李穡漢詩選（5首）

白雪

白雪千堆烏雲墜，多情梅花何處芳？
暮色蒼茫空佇立，莫知去處倍淒涼。

小雨

細雨濛濛暗小村，餘花點點落空園。
閒居剩得悠然興，有客開門去閉門。

浮碧樓

昨過永明寺，暫登浮碧樓。
城空月一片，石老雲千秋。
麟馬去不返，天孫*何所遊。
長嘯依風磴*，山青江自流。

高歌

獨吟又高歌，心中血如何？
皇天與后地，至死矢靡他*。
外患似冰雪，消之將奈何。
春風方將興，白日如飛梭。
哀哀君子心，有淚雙滂沱。

寒風 （三首之一）

寒風西北來，客子思故鄉。
悄然共長夜，燈光搖我床。
古道已雲遠，但見浮雲翔。
悲哉庭下松，歲晚逾蒼蒼。
願言篤交誼，善保金玉相。

——李穡（西元1328年—1396年）

————————————————————————

※「天孫」即織女星。
※「風磴」指山巖上的石級，巖高多風，故稱。
※「靡他」即無他，無二心之意。

李穡是高麗王朝末期的學者、儒學家、政治家。他的老師是高麗大儒李齊賢。李穡崇尚朱子學，認為「理」是萬物之本。他曾在中國元朝國子監學習理學，回國後，在高麗朝廷屢任要職。

　　〈白雪〉「白雪千堆烏雲墜，多情梅花何處芳？」第一句氣勢萬千，襯托第二句的梅花風骨。「暮色蒼茫空佇立，莫知去處倍淒涼。」其中「空佇立」連結「莫知去處」給人強烈的蒼涼感。這一首應該是李穡的傳世傑作。

　　〈小雨〉「有客開門去閉門」暗喻主人已經隱居的閒適之心。

　　〈浮碧樓〉「山青江自流」與杜甫「國破山河在」相較，杜甫勝一籌。

　　〈高歌〉「獨吟又高歌，心中血如何？皇天與后地，至死矢靡他。」其中「獨」字與唐朝陳子昂的〈登幽州台歌〉「前不見古人，後不見來者。念天地之悠悠，獨愴然而涕下。」中的「獨」字一樣感人肺腑。「外患似冰雪，消之將奈何。」但外患就像冰雪，年復一年。「春風方將興，白日如飛梭。」光陰似箭，不知不覺年過一年，有志難伸，只能「哀哀君子心，有淚雙滂沱。」

　　〈寒風〉是一首給友人的詩，「寒風西北來，客子思故鄉。悄然共長夜，燈光搖我床。」因寒風思鄉，跟李白因月光思鄉有幾分神似。「古道已雲遠，但見浮雲翔。」一語雙關，「古道」會是「人生理想」或儒家的「出仕理想」？但「古道已雲遠」。如今只剩為了當官四處奔波而「但見浮雲翔」了。「悲哉庭下松，歲晚逾蒼蒼。」是對年老體衰的感嘆。「願言篤交誼，善保金玉相。」是對朋友的問候，也是心境自述。

匡越漢詩選（2首）

木與火

元火木中眠，鑽木火自生。
木中若無火，火自何處來？

王郎歸

祥光風好錦帆張，神仙復帝鄉。
萬重山水涉滄浪，九天歸路長。
人情慘切對離觴，攀戀使星郎。
願將深意爲南疆，分明奏我皇。

—— 匡越（西元933年—1011年）

匡越（Khuông Việt）本名吳真流，越南丁朝、前黎朝時期的重要大臣、僧人、文學家、儒學學者。丁部領建立丁朝之後，任命吳真流為僧統（統監全國僧尼事務之僧官），賜號匡越大師。

　　〈木與火〉是一首有趣的哲學詩。古代西方有火是四大元素（土、水、風、火）之一的說法。顯然詩人有相同的看法。

　　〈王郎歸〉是為了送別宋朝使節李覺而寫，是越南歷史上最早的漢詩。這首詩不但是禮貌性地以「祥光風好錦帆張，神仙復帝鄉」送行，也傳達了「願將深意為南疆，分明奏我皇」的外交辭令。這首詩的版本很多，用字有差異，統一改為七五字格式。

楊空路詩選（1首）

漁閒

萬里清江萬里天，一村桑拓一村煙。
漁翁睡著無人喚，過午醒來雪滿船。

——楊空路（西元1016年—1094年）

楊空路（Dương Khổng Lộ）是越南李朝時期的一位禪宗
僧侶。

〈漁閒〉是一首田園山水詩。這首詩譯者曾根據英文版
翻譯如下：

Huge sky, great green mountains,
天闊山高江水寬，
Small village of mulberries and smoke.
小村炊煙伴桑田。
No one comes,
The ferryman sleeps ——
津口無人閒入眠，
And wakes, at noon,
In a boatload of snow.
醒來正午霜滿帆。
與漢文原著相當接近，可見英文版翻譯得很好。

僧滿覺詩選（1首）

告疾示眾

春來百花開，春去百花殘。
人事轉眼過，心頭歲月滿。
春天雖來去，莫道花落盡。
昨夜門前梅，一花獨自妍。

——僧滿覺（西元1052年—1096年）

僧滿覺是越南李朝的一位禪師、詩人。

〈告疾示眾〉是向眾人宣告病假的詩。這首詩以花喻人，用「昨夜門前梅，一花獨自妍。」跟眾人報平安，是妙句。以下版本是譯者根據英文版翻譯：

Spring goes, and the hundred flowers.
春來百花開，
Spring comes, and the hundred flowers.
春去百花殘。
My eyes watch things passing,
人事轉眼過，
My head fills with years.
心頭歲月滿。
But when spring has gone, not all the flowers follow.
春天雖來去，莫道花落盡。
Last night a plum branch blossomed by my door.
昨夜門前梅，一花獨自妍。

段文欽詩選（1首）

挽廣智禪師（漢詩）

林巒白首逼京城，拂袖高山遠更馨。
幾願淨巾趨丈席，忽聞遺履掩禪扃。
齋庭幽鳥空啼月，墓塔誰人爲作銘。
道侶不須傷永別，院前山水是眞形。

——段文欽（約西元1090年）

　　段文欽是越南李朝時人，生平不詳，從作品知道他是一位佛教信徒。
　　〈挽廣智禪師〉是對一位禪師的挽詩。「道侶不須傷永別，院前山水是真形。」喻高僧與山水同在，與天地長存。扃指門戶。

陳聖宗詩選（2首）

夏景（漢詩）

窈窕華堂畫影長，荷花吹起北風涼。
園林雨過綠成幄，三兩蟬聲鬧夕陽。

悼陳仲微（漢詩）

痛哭江南老臣卿，春風搵淚爲傷情。
回天力量隨流水，流水灘頭共不平！

     ——陳聖宗（西元1240年─1290年）

  陳聖宗（Trần Thánh Tông）是越南陳朝的第二代君主。
  〈夏景〉是一首田園山水詩。這首詩譯者曾根據英文版
翻譯如下：

Shadows linger, even in the dim halls.
大廳微光影仍遊，
How cool at the north window: a scent of lotus.
北窗清涼荷花香。
The rain stops; green vegetables like a screen;

雨停蔬綠如畫屏，
And three, five cicadas sing to disturb the evening sun.
三五蟬唱擾斜陽。

　　〈悼陳仲微〉是陳聖宗哭悼宋朝「死為異國他鄉鬼，生
是江南直諫臣」的陳仲微所作。陳仲微（1212—1283年），
宋末大臣，抗元兵敗後，逃入越南，四年後過世。

陳仁宗詩選（1首）

閨怨（漢詩）

睡起鉤簾看墜紅，黃鸝不語怨東風。
無端落日西樓外，花影枝頭盡向東。

——陳仁宗（西元1258年—1308年）

陳仁宗（Trần Nhân Tông）是越南陳朝第三代君主。陳仁宗禪位給皇太子後出家，研究佛學，但仍執掌朝政。陳仁宗愛好詩詞，對佛學也頗有造詣。

〈閨怨〉是一首典型的閨怨詩，但帝王寫閨怨詩有點奇怪。「無端落日西樓外，花影枝頭盡向東」把閨怨寫得淒美哀傷。這首詩譯者曾根據英文版翻譯如下：

She wakes, rolls up screens, watches flowers fall.
美人捲簾見花飄，
The oriole is silent, hating winter wind.
黃鸝無聲怨北風。
Beyond the western pavilion the sun slides down
白日又翻西亭落，
And flowers lean toward the east.
庭花再傾心向東。

胡季犛詩選（1首）

答北人問安南風俗（漢詩）

欲問安南事，安南風俗淳。

衣冠唐制度，禮樂漢君臣。

玉甕開新酒，金刀斫細鱗。

年年二三月，桃李一般春。

——胡季犛（西元1336年—？）

　　胡季犛（Hồ Quý Ly）是越南胡朝開國君主。1407年，胡朝在明入越戰爭後滅亡，他與親屬一同被俘虜押至明。胡季犛也是一位儒學學者和詩人，他對越南的民族文字「喃字」的發展有重要貢獻。
　　〈答北人問安南風俗〉是對明朝使臣的答覆詩。西元1404年（明永樂二年），明朝派大臣出使安南。使臣視安南為蠻夷。因此胡季犛作詩盛讚安南的文化，認為安南文化與中華無異。「衣冠唐制度，禮樂漢君臣」不卑不亢地表達了越南的文化水準，「年年二三月，桃李一般春」，含蓄優雅地表達了中越山水相連的親密關係，堪稱佳作。

阮廌詩選（3首）

寄友（漢詩）

亂後親朋落葉空，天邊書信斷征鴻。
故國歸夢三更雨，旅舍吟懷四壁蟲。
杜老何曾忘渭北，管寧猶自客遼東。
越中故舊如相問，爲道生涯似轉蓬。

題徐仲甫耕隱堂（漢詩）

去怕繁花踏軟塵，一犁岩畔可藏身。
商家令佐稱莘野，漢世高風仰富春。
松菊猶存歸未晚，利名不羨隱方眞。
嗟餘久被儒冠誤，本是耕閒釣寂人。

犁和鍬

一排菊蘭一畝豆，一鍬一犁足耘耕。
掬水煮茶月相隨，友來鳥鳴花波迎。
伯夷心清自得樂，顏淵貧窮怡然情。
任由世人嗡嗡談，人嘲我聾心忘名。

—— 阮廌（西元1380年—1442年）

阮廌（Nguyễn Trãi）是越南政治家、儒學家、文學家。他輔佐越南後黎朝開國君主黎太祖黎利成功脫離中國明朝的統治，使越南再度取得獨立地位，是後黎朝的開國功臣。

　　〈寄友〉詩中「杜老何曾忘渭北」杜老指杜甫，安史之亂時，杜甫逃難，但無時不關心國家興亡。而「管寧猶自客遼東」管寧是東漢末年高士，黃巾之亂時，管寧往北避亂遼東，而非往南避亂江南，以示不離北方故土之意。這首詩表明自己即使身不在祖國，心中仍是時時刻刻關心祖國。

　　〈題徐仲甫耕隱堂〉詩中「商家令佐稱莘野」是指商朝名臣伊尹曾「耕於有莘之野」。而「漢世高風仰富春」是指東漢光武帝為了整頓內政，搜羅治國人才，想請嚴子陵為諫議大夫，嚴子陵沒有接受，一心想要回到家鄉富春去種地釣魚。末段「嗟餘久被儒冠誤，本是耕閒釣寂人。」是佳句。

　　〈犁和鍬〉是一首自述詩。詩中「伯夷心清自得樂」，伯夷世為商臣，商亡後，不食周粟，被認為是懷念故國的典範。末段「任由世人嗡嗡談，人嘲我矗心忘名」是佳句。

第二章 南亞詩歌選

伐致呵利《三百詠》詩歌選（300首選5首）

第4詠

懂我詩者滿心忌妒，在上位者傲慢輕視，
其他人等無能欣賞，好詩篇篇老死心田。

第23詠

熱鐵滴水，一陣輕煙；蓮葉滴水，閃亮珠圓；
珠蚌滴水，永恆寶珍。上中下品，本是同源。

第82詠

美人調笑本是天性，愚蠢之徒迷惑心田。
蓮花顏色出於天生，無知蜜蜂飛來盤旋。

第170詠

生養我者漸漸消逝，兒時玩伴慢慢過往。
現在我們步步近亡，露根古樹大河岸旁。

第177詠

我以破衣滿足，你以華服得意。

滿足得意無異，差別只在想像。

欲望無窮最窮，內心滿足富足。

究竟誰窮誰富？究竟誰富誰窮？

——伐致呵利（西元570年—651年）

伐致呵利（Bhartṛhari）是古印度在西元7世紀時的語法學家、詩人及印度教哲學家。伐致呵利出身貴族，曾七次嘗試出家去過寺院生活，最終成為一名瑜伽修行者。主要詩歌著作是梵語詩集《三百詠》（Śatakatraya）。《三百詠》又分為《正道百詠》（Nītiśataka）、《豔情百詠》（Śṛṅgāraśataka）、《離欲百詠》（Vairāgyaśataka）各一百詠。

〈第23詠〉是一首以「水」喻人談眾生平等的哲理詩。「水」雖可分三品，但「上中下品，本是同源。」有所不同是因為水滴在熱鐵、蓮葉或珠蚌上。人類的社會也一樣，表面上有上中下流之分，但本質無異，有所不同只是因為出生在不同的家世背景中，展現了詩人眾生平等的價值觀。

〈第177詠〉是一首談價值觀的哲理詩。先以「我以破衣滿足，你以華服得意。滿足得意無異，差別只在想像」舉出具體實例，再以「欲望無窮最窮，內心滿足富足。究竟誰窮誰富？究竟誰富誰窮？」提出主張與質疑，展現了詩人的哲學雄辯。

獅子岩詩選（3首）

一廂情願的偷窺者的經文

蒼天月上描玉兔，
仙女容顏恆千年，看你千年如一天。

未知詩人之歌

看到你的儷影啊！
天鵝望見平靜湖，雙眼疲倦可復活。
蜜蜂撞見熟蓮花，一心千結得解惑。

情人男孩的頌歌

草綠絲瓜棚架上，藍蝴蝶花巧扮裝，
百合膚色群芳旁，黃金膚色妙紅妝，
記到傍晚時不忘。

—— 佚名（西元5—10世紀）

錫吉里耶（Sigiriya）（意為「獅子岩」）是一座斯里蘭卡古代宮殿與堡壘式城池。位於高約200公尺的「獅子岩」上，以壁畫聞名於世，是斯里蘭卡歷史上唯一流傳下來的非宗教題材壁畫。歷代有遊客在牆上留下許多歌頌壁畫中美女的詩歌。

　　〈未知詩人之歌〉是一首以「天鵝」對「湖泊」，「蜜蜂」對「蓮花」來暗喻詩人對壁畫中「美女」的關係，深刻地表達了傾慕之情。

　　〈情人男孩的頌歌〉是一首色彩豐富的情詩。絲瓜的花是不顯眼的黃色，藍蝴蝶花是很顯眼的深藍色。因此用「草綠絲瓜棚架上，藍蝴蝶花巧扮裝」襯托下二句「百合膚色群芳旁，黃金膚色妙紅妝」，凸顯了後者膚色更勝前者。

第三章　西亞詩歌選

艾布‧努瓦斯詩選（3首）

好壞兩相抵

酒杯在案，經書在席。
三杯美酒，六句經文。
讀經德行，飲酒惡習。
主若寬恕，好壞相抵。

暢飲地獄且讓我來

如有一處能喝痛快，齋戒月就不會難捱。
杯中之物喝來神奇，承擔罪惡也須解渴。
責難美酒你進天堂，暢飲地獄且讓我來！

一人獨飲兩人醉

勿為羅敷常悲嘆，勿為西施心懷悲。
當惜手中紅玫瑰，且飲玫瑰酒一杯。
一杯入喉心腸潤，二杯紅霞雙頰飛。
寶石紅酒珍珠杯，窈窕淑女手依偎。
手斟杯酒酒入眼，自然一杯再一杯。
飲酒之樂誰能解，一人獨飲兩人醉！

　　　　　——艾布‧努瓦斯（約西元757年—814年）

艾布‧努瓦斯（Abū-Nuwās）是西元8世紀阿拉伯詩人。生於波斯，有波斯和阿拉伯血統。幼時曾隨香料商學藝，但志在詩文。他研讀過古蘭經、聖訓，通曉阿拉伯文法、修辭、詩律。曾遊歷巴格達阿拔斯王朝王宮、埃及。長於作飲酒歌，有「酒詩人」之稱。思想豁朗，性格豪放，主張充分享受現實人生的歡樂，反對宗教禁慾和苦行。阿拉伯文學評論界認為他是阿拉伯文學黃金時代最偉大的新派詩人。

　　〈好壞兩相抵〉這首飲酒詩以幽默的手法描述飲酒與修行，十分有趣。這首詩先客觀陳述了自己是「酒杯在案，經書在席。三杯美酒，六句經文。」也承認「讀經德行，飲酒惡習。」卻幻想「主若寬恕，好壞相抵。」

　　〈暢飲地獄且讓我來〉「責難美酒你進天堂，暢飲地獄且讓我來！」這詩句何等豪放，詩人堪稱酒中豪傑。

　　〈一人獨飲兩人醉〉這首詩的「勿為羅敷常悲嘆，勿為西施心懷悲。」羅敷、西施在原詩中是用阿拉伯文化中的古典美女，在此翻譯為中文時，改用中國文化中的古典美女。「寶石紅酒珍珠杯，窈窕淑女手依偎」把酒杯擬人化。因此「飲酒之樂誰能解，一人獨飲兩人醉」。這與李白「舉杯邀明月，對影成三人」有異曲同工之妙。但李白是三人（自己、月亮、影子），略勝一籌。

《魯拜集》（101首選20首）

1.黎明

暗夜穹窿黎明醒，石弩驚散幾辰星。
東方獵人光套索，蘇丹塔尖一擊中。

2.早起酒徒

酒徒爭比晨雞早，酒館門前聚喧鬧！
人生苦短你我知，光陰逝去寸寸少。

7.春火

斟滿美酒解千愁，惱人冬裝焚春火。
光陰飛鳥無處棲，林中鳥兒無枝留。

12.荒野天堂

一條麵包美酒嚐，一冊詩集樹陰旁，
身邊還有你歌唱，即便荒野亦天堂。

14.金絲繡包

玫瑰花瓣身邊飛，飄入你我小世界，
金絲繡包破一洞，珍寶灑入大花園。

18.獅子蜥蜴

獅子蜥蜴早踞蟠，盛世帝王盛宴殿。
野驢踩腳墳頭地，蓋世獵人續長眠。

20.美人丘

春來芳草綠油油，河邊繁花如錦繡；
路過過客宜輕踩，誰知何處美人丘。

33.天堂何處

天神何處可藏身，上天下海不見真。
天堂何處大哉問，晝夜袖裡無處隱。

34.良知與無知

良知心中引我行，漆黑天地一盞燈。
掀起簾幕且尋覓，我本無知今方明。

52.人生如戲

人生如戲費猜疑，出將入相引人迷。
你我不過天地棋，他編他導他看戲。

56.眞假與是非

眞眞假假有眞假，是是非非無是非。
天道地理萬學問，不如酒中道理深。

64.步後塵

長路無數車馬痕，先我穿越黑暗門；
回頭答我無一人，此道你我步後塵。

68.天地走馬燈

人類萬物燈影動，不過天地走馬燈；
太陽燭火地燈籠，高掛穹窿任戲弄。

69.浮世一顆棋

扮演浮世一顆棋，無助停格盤天地；
馳車奔馬又將軍，終究回到櫥櫃裡。

72.天空與凡人

穹窿覆碗稱天空，其下匍匐各死生；
切莫伸手求他助，無奈陰晴與我同。

78.心鎖

無端填入愛與恨，卻加心鎖禁慾根；
萬般痛苦由此起，打破心鎖罪加身。

79.蒼天與蒼生

蒼天借人賣身銀，可憐蒼生還真金；
蒼生何曾簽此契，可恨蒼天不答聲。

82.泥人

悶悶不樂齋戒月，鬧市無酒難久留。
陶匠作坊借獨居，且邀泥人做酒友。

99.重塑世界依理想

與其同愛共籌謀，扶持萬物殘破樣；
不如粉碎為泥塵，重塑世界依理想。

100.遍照花園少一人

明月夜夜尋我群，圓缺明暗月一輪。
不知何夜再尋找，遍照花園少一人。

—— 奧瑪‧開儼（西元1048年—1131年）

奧瑪‧開儼（Omar Khayyam）是波斯詩人、天文學家、數學家。他一生研究各門學問，尤精天文學。他留下詩集《魯拜集》（Rubaiyat），又譯《柔巴依集》。

　　「魯拜」是一種詩歌形式，每首四行，第一、二、四行押韻，第三行通常不押韻，這和中國古代的絕句相似，因此中譯時，經常被譯成七言絕句或七言古詩。

　　他的詩大部分與死亡和享樂有關，經常諷刺來世以及神，這與當時的主流文化相去甚遠。《魯拜集》原為零散的筆記，奧瑪‧開儼死後由他的學生整理出來。19世紀英國作家愛德華‧菲茲傑拉德（Edward Fitzgerald）將之翻譯（或攝譯、改寫）成英文，使其廣為流傳。

　　《魯拜集》英文第五版有101首，筆者譯成中文七言古詩後，擇優列出其中代表作20首。原作無題，詩題為譯者自加，編號為英文第五版的編號。

　　奧瑪‧開儼的詩簡明易懂，無需贅言。他的詩有幾個特徵：（1）反玄學（如第33、56首）（2）反禁慾（如第7、78、82首）（3）生死豁達（如第64首）（4）人生如戲（如第52、68、69首）（5）神人平等（如第72、79首）。

　　比較奇特的是第99首〈重塑世界依理想〉，其中詩句「不如粉碎為泥塵，重塑世界依理想。」具有革命精神。

　　第100首〈遍照花園少一人〉對照王維的〈九月九日憶山東兄弟〉「獨在異鄉為異客，每逢佳節倍思親。遙知兄弟登高處，遍插茱萸少一人。」是異曲同工。

魯米詩選（5首）

我之聖殿

我不屬何教，愛才是吾宗。
每個人的心，皆我之聖殿。

播種小麥無大麥

對人施惡不回善，作惡多端終須還。
雖然眞主恩天下，播種小麥無大麥。

來吧來吧，無論你是誰

來吧來吧，無論你是誰！
徬徨人異教徒或負心漢，
過去一切一切都無所謂。

我們這裡沒有絕望馬車，
即使你打破誓言一千回，
來吧來吧，歡迎再一回！

修辭學家和海員

修辭學家登了船，海員面前傲慢喊：
你可懂得修辭學？不懂等於命半條。
海員強壓心憤怒，沉默不語未反駁。
突然狂風掀駭浪，海員這時才叫嚷：
你可懂得游泳技？不懂等於命一條。
你看大風掀大浪，這船很快就下沉。

——魯米（西元1207年—1273年）

魯米（Jalal ad-Din Muhammad Rumi）是伊斯蘭教蘇菲派神秘主義詩人、學者，生活於13世紀塞爾柱帝國統治下的波斯。他一生主要以波斯語寫作，也有少量以阿拉伯語、希臘語寫出的作品。他的作品影響廣泛，流傳於世界各地。

〈我之聖殿〉中詩人以「我不屬何教，愛才是吾宗」震撼人心。以「每個人的心，皆我之聖殿」感動人心，堪稱曠世之作。

〈來吧來吧，無論你是誰〉是一首歌謠式的詩歌。開頭的「來吧來吧，無論你是誰！」與結尾的「來吧來吧，歡迎再一回！」產生了活潑親切的動感。

〈修辭學家和海員〉是一首少見的寓言故事詩，用一個簡單的故事把驕傲的學者嘲諷了一番。

《真境花園》詩選（6首）

亞當子孫皆手足

亞當子孫皆手足，造物之初本一體。
一肢有難受折磨，他肢無法保平安。
他人之痛心不驚，不配世上枉為人。

無論你腹中有多少知識

無論腹中知多少，不用便是無所知。
白馬雖拉千經卷，不算飽學讀書人。
黑驢雖馱百斤袋，哪知裡面柴或書？

填不滿

再多錢財填不滿無邊的眼睛，
再多露水填不滿無底的水井。
誰去結交盟友必定招來敵人，
有財有偷有花有刺有甜有苦。

一旦羨慕浮世榮華

無論博學或聰明，聖哲或英雄人物，
一旦貪圖名與利，便是蒼蠅跌入蜜。

暴君與昏君

暴君詢問一位聖人：怎樣修行最有價值？
他答每天睡覺最好，這樣不會危害人類。
無道昏君正睡午覺，我說願他永遠如此。
他是天下最大惡人，醒不如睡生不如死。

帝王之道

暴君決不可爲王，豺狼決不可牧羊。
帝王如榨取人民，必削弱國家根基。
帝王如欺壓人民，危難中眾叛親離。
帝王如體恤人民，全民皆是御林軍。
帝王如英明有爲，戰爭時何需憂心。

《果園》詩選（4首）

1.帝王大樹

帝王大樹頂天地，百姓之根抵磐石。
殘害百姓毀根基，藐視民意終叛離。

2.假如你是珍珠

珍珠何需懷懊喪？或遲或早放明光。
石頭被扔大馬路，無人搬走回家藏。
金牙掉在田中間，村人點蠟到天亮！

3.人生在世

人生在世難免死，但求名聲垂青史。
死後芳名不留世，生命之樹成枯枝。
死後留下河上橋，名字自會傳百世。
生前不能遺愛人，死後有誰心感恩？

4.你的缺點

讚美你者非全知己，謾罵你者或可結交。
敵手批評一箭中的，朋友吹捧至少對折。
白糖雖甜難以治病，良藥苦口起死回生。
朋友謹慎講究私情，你的缺點失敗糾正。

——薩迪‧設拉茲（西元1210年—1291年）

　　薩迪‧設拉茲（Saadi Shirazi）是中世紀波斯詩人，不僅在波斯語諸國享有盛譽，在西方國家也有盛名。他生於設拉子（位於伊朗西南，波斯古城），後因蒙古入侵波斯，開始長達30多年的巡遊生活。足跡西至埃及、衣索比亞，東至伊拉克、印度和中國新疆。他的成名作有《果園》和《真境花園》（又譯為《玫瑰花園》、《薔薇園》）兩部詩集。他的作品風格一直是波斯文學的典範，是公認波斯文學大廈的四根柱石之一。

　　設拉茲的詩充滿智慧卻平易近人。其中〈亞當子孫皆手足〉是傑作中的傑作。

哈菲茲魯拜詩選（12首）

晨風清爽怡心神

晨風清爽怡心神，吹來花香滿庭芳；
衰老腐朽舊世界，再次披上春天裝。

杯光酒影瑪瑙紅

杯光酒影瑪瑙紅，茉莉花上灑紅光；
水仙一對多情眼，含笑凝望鬱金香。

薔薇花壇夜鶯棲

薔薇花壇夜鶯棲，動人歌兒放聲唱。
孤寂愁緒折磨心，仍待醉人好春光。

如離寺院來酒樓

如離寺院來酒樓，切莫責我太荒謬；
嘮叨說教無盡休，光陰似箭春不留。

欲將今日歡樂留

欲將今日歡樂留，等待明天再享受，
誰知明日風雲色，何人能夠將天測？

年年都有齋戒月

年年都有齋戒月，怎可丟棄夜光杯；
日落月升窗外看，指日可待開齋節。

歡樂聚會難再逢

歡樂聚會難再逢，且把情詩來吟詠。
何必顧盼水向東，未來歲月何須懂。

只是為了你自己

只是為了你自己，獨自來到這世上。
歲月疾飛有翅膀，緊緊跟在她身旁。

唯一願景你身影

唯一願景你身影，唯一追隨你目光。
世人睡夢中休息，我眼睡眠中飛起。

美麗優雅鏡在手

美麗優雅鏡在手，再送手帕好絲綢，
美人手帕輕拂臉，笑問禮物爲追求？

我手環抱妳腰身

我手環抱妳腰身，愛情擁抱試探心。
妳的決心顯易見，我的苦心成幻影。

可愛薔薇令人醉

可愛薔薇令人醉，有情知音當珍惜。
今日花園彩繽紛，明朝枯黃落一地。

——哈菲茲（筆名）（西元1315年—1390年）

哈菲茲（Hafiz）是波斯抒情詩人，常被譽為「詩人的詩人」。據統計他的詩集在伊朗的發行量僅次於古蘭經。

　　〈晨風清爽怡心神〉「衰老腐朽舊世界，再次披上春天裝」，充滿正能量，是詩人的代表作。

　　〈歡樂聚會難再逢〉「何必顧盼水向東，未來歲月何須懂」表達了詩人及時行樂的人生觀。

　　〈只是為了你自己〉先以「歲月疾飛有翅膀」擬人化，或者說「擬天使化」來表現光陰飛逝，再以「緊緊跟在她身旁」鼓勵人要珍惜光陰。

　　〈唯一願景你身影〉「世人睡夢中休息，我眼睡眠中飛起」詩人對愛人的傾慕思念真的到了朝思夢想的境地。

　　〈如離寺院來酒樓〉「嘮叨說教無盡休，光陰似箭春不留」表達了詩人對宗教禁慾的反彈。

　　〈年年都有齋戒月〉「日落月升窗外看，指日可待開齋節」表達了詩人灑脫的生活態度。

第四章 歐洲詩歌選

佩脫拉克詩選（1首）

愛的徵兆

如果徵兆是誠實和誠意，是種溫柔謙卑控制慾望，
善良目的負責任火燃燒，並在黑暗迷宮長時間找。

如果徵兆是盾牌般堅硬，有點渲染就像紫羅蘭淡，
開口說話變得吞吞吐吐，並被恐懼和害羞所阻擋。

如果徵兆是悲傷和難過，擁抱一人比自己更慎重，
在遠處燃燒在附近結凍，並不斷煩惱憤怒和悲傷，
這些跡象表明愛耗盡我，淑女這是你的錯我的禍。

——佩脫拉克（西元1304年—1374年）

佩脫拉克（Petrarch）是中世紀義大利學者、詩人。他
是第一個發出復興古典文化的號召，提出以「人學」反對
「神學」的人物，被視為人文主義之父。佩脫拉克創作了許
多優美的詩篇，代表作是《抒情十四行詩詩集》。
〈愛的徵兆〉是一首談「愛情」哲理的十四行詩。每一
段的開頭都是「如果徵兆是…」，總共寫了12個徵兆。其中
「善良目的負責任火燃燒，並在黑暗迷宮長時間找。」、
「開口說話變得吞吞吐吐，並被恐懼和害羞所阻擋。」都是

很有趣的描述。末句直譯為「啊淑女啊這都是你的錯 — 也是我的災禍。」為使字數整齊，在此翻譯為「淑女這是你的錯我的禍」。

十四行詩有嚴格的格式，一般分成兩種格式：

義大利體（佩脫拉克體）

最初流行於義大利，佩脫拉克的創作使其臻於完美，後傳到歐洲各國。其形式整齊，音韻優美，每首分成兩部分：前一部分由兩段四行詩組成，後一部分由兩段三行詩組成，即按四、四、三、三編排。押韻格式為ABBA、ABBA、CDC、DCD（4韻）或者ABBA、ABBA、CDE、CDE（5韻）。每行詩句11個音節，通常用抑揚格。

英國體（莎士比亞體）

莎士比亞的詩作，按四、四、四、二編排。具有起承轉合的特色，常常在最後二行點明主題。押韻格式為ABAB、CDCD、EFEF、GG（7韻），或者ABAB、BCBC、CDCD、EE（5韻）。每行詩句5個音步，10個抑揚格音節。

第三篇 我可把妳比作夏日

近代（西元 1450 年到 1800 年）

第一章 歐洲詩歌選

莎士比亞《莎士比亞十四行詩集》選（3首）

第18首：我可把妳比作夏日

我可把妳比作夏日？妳顯得更可愛迷人。
狂風摧折五月花苞，夏天總是苦短難留。

有時天眼照耀太熱，更常白日黯淡無神。
美好事物時有起落，自然變化難以捉摸。

妳的夏天不會逝去，妳的美麗不會消沉。
死神難遮妳的身影，妳在永恆詩句長存。

只要人能呼吸看見，只要詩能留傳歌頌。

第65首：我筆墨下愛人可永發光

黃銅石頭泥土無邊海洋，無不受必朽命運所掌控。
美女怎能含怒要求豁免，她的行動不如花朵堅強。

夏天嫵媚氣息怎能抵抗，殘暴日子不停追打摧殘。
石牆和鐵門雖有其頑強，但光陰總是能遲早取勝。

驚人美麗必爲光陰驚喜，光陰珍寶必躺光陰寶箱。
誰有力量可阻光陰捷足？誰有能力可擋光陰來搶？

沒有奇蹟除此沒有可能，我筆墨下愛人可永發光。

第116首：眞心結合必無障礙

眞心結合必無障礙。若看人改變便轉舵，
或看人轉彎便離開，這樣的愛不算眞愛。

愛是互古長明燈塔，望著風暴無所動搖。
指引迷途小船明星，高度可測價值難量。

玫瑰唇頰難敵青春，但愛情非光陰弄臣。
不因歷經時日改變，能夠熬到末日盡頭。

若我這話證明有錯，世無眞愛而非寫錯。

——威廉·莎士比亞（1564年—1616年）

威廉・莎士比亞（William Shakespeare）是英國戲劇作家、詩人，同荷馬、但丁、歌德一起，被譽為歐洲劃時代的四大作家。他流傳下來的作品包括38部戲劇、154首十四行詩、兩首長敘事詩和其他詩歌。

　　〈我可把妳比作夏日〉這首詩可能是莎翁最有名的十四行詩，把愛人與大自然美好事物對比，但「你的夏天不會逝去，你的美麗不會消沉。死神難遮你的身影，」原因是「你在永恆詩句長存。只要人能呼吸看見，只要詩能流傳歌頌。」這是在對情人歌頌？還是對詩人自己的才華歌頌？

　　〈我筆墨下愛人可永發光〉這是一首頌揚愛人的詩，但更像莎翁在自吹自擂。前三段都在說美人雖美難敵光陰，感嘆「驚人美麗必為光陰驚喜，光陰珍寶必躺光陰寶箱。」末段筆鋒一轉，「沒有奇蹟除此沒有可能，我筆墨下愛人可永發光。」只有自己的詩歌可以讓「愛人可永發光」。這首詩的寫法剛好和〈我可把妳比作夏日〉相反，後者是先正面描述「死神難遮你的身影」，再指出原因是「你在永恆詩句長存」；而這首詩是先反面描述「光陰珍寶必躺光陰寶箱」，再指出然而「我筆墨下愛人可永發光」。

　　〈真心結合必無障礙〉末句「若我這話證明有錯，世無真愛而非寫錯。」表達了上面三段所寫是「真愛」的標準，如果世上愛情不是如此，並不是自己寫錯，而是那不是「真愛」。這可謂文學家的雄辯。

約翰・多恩詩選（1首）

無人是孤島

無人是孤島，大海裡獨居；
一人一把土，人類一大地。
如果土沖去，世界失其一，
花園缺一角，山峰少一畸。
無論土是鄰，抑或土是你，
無論誰逝去，皆是骨肉離。
聽聞喪鐘鳴，莫問逝者誰，
喪鐘爲我鳴，因我亦爲人。

———— 約翰・多恩（1572年—1631年）

約翰・多恩（John Donne）是英國玄學派詩人，他的作品包括十四行詩、愛情詩、宗教詩、歌詞等。16、17世紀之交，英國國內政治經濟的矛盾加深，人心動盪，出現了以多恩為代表的玄學派詩。

〈無人是孤島〉「一人一把土，人類一大地」以土比喻人，是絕妙之句。末句「聽聞喪鐘鳴，莫問逝者誰，喪鐘為我鳴，因我亦為人。」這情境不正是《禮記》的「里有殯，不巷歌」的崇高境界嗎？

羅伯特・赫里克詩選（1首）

愛我少些，愛我久些

愛我少一點，愛我久一點，是我歌主張。
太強烈的愛，很快就消逝。
我要的不多，你送來一點，
就已經足夠，做堅定朋友。
愛我少一點，愛我久一點，是我歌主張。

你說活著時，你最愛是我，我給你的愛，
也從不欺騙，直到命告終。
在平靜死後，會遵守諾言，
跟年輕一樣，我愛的保證。
愛我少一點，愛我久一點，是我歌主張。

永恆愛溫和，一生中堅持，愛需要毅力。
我將愛儲存，讓愛能持續，
不論是天荒，不管是地老，
海枯或石爛，皆歷久彌新。
愛我少一點，愛我久一點，是我歌主張。

——羅伯特・赫里克（1591年—1674年）

羅伯特·赫里克（Robert Herrick）是英國抒情詩人和神職人員。代表作有「致少女，去善用光陰」這首詩，第一行是「盡可能收集你們的玫瑰花蕾」。

　　〈愛我少些，愛我久些〉「太強烈的愛，很快就消逝」所以「愛我少一點，愛我久一點」，以愛情強度換取愛情持久，「我將愛儲存，讓愛能持續」，把愛情節約換取愛情持續，可謂絕妙。

比埃爾・德・龍沙詩選（2首）

贈君一束花

贈君花一束，採摘經吾手；今朝不採擷，明日落凡塵。
吾貌美如花，見花感良多；花好終凋零，貌美難久恆。
歲月來去易，青春逝去勿；光陰寸寸流，轉眼入新塚。
天人隔相思，恩愛不復知；賞花趁花好，愛我當春風。

當你老了

當你老年燭光搖曳，你坐爐旁紡紗纏線，
背誦我詩驚聲讚嘆：當年貌美得君讚美。

當時讚語女僕未聞，勞累令她欲睡昏昏。
輕聲細語仍使驚醒，祝福芳名永存詩文。

多年以後或成幽魂，我將安息香桃木蔭。
你也殘年蜷縮爐邊，深深後悔當年驕傲。

認真活著勿待明天，及時採摘身旁玫瑰。

——比埃爾・德・龍沙（1524年—1585年）

比埃爾‧德‧龍沙（Pierre de Ronsard）是法國詩人。19
歲時成為神職人員。在情竇初開的時候，出於對美麗的卡珊
朵拉（Cassandre）的愛慕，開始了愛情詩的創作。因為作品
大獲成功，他走上作家之路，被公認為卓越的情詩詩人。他
也是「七星詩社」主要成員之一，他們最早提出統一民族語
言的主張，促進了法國民族語言和文學的發展。

　　〈當你老了〉是一首體裁為英國體十四行詩的情詩。這
首詩的時間軸是從第一段描述現在「當你老年燭光搖曳」開
始，接著第二段倒敘過去「當時讚語女僕未聞」，第三段再
次回到現在「多年以後或成幽魂，我將安息香桃木蔭。你也
殘年蜷縮爐邊，深深後悔當年驕傲。」

　　英國體十四行詩的末二行通常點出全詩的主題。這首詩
以期許愛人未來能「認真活著勿待明天，及時採摘身旁玫
瑰」結束，點出了此情詩的主題。

米開朗基羅詩選（1首）

靈與肉

眼睛遠近所見皆美，但是淑女我的雙腳，
必須保持適當距離，星辰可觀芳澤難親。

我純潔空靈的靈魂，飛越你肉體的柵欄，
眼睛飽覽自由開放，身體熱情監禁一方。

受制凡身又無羽翼，不能追逐飛行天使，
只有凝視直到耗盡。

如蒙天堂偏袒鄙人，讓我全身化爲一眼，
我的全身將得寵幸！

——米開朗基羅（1475年—1564年）

米開朗基羅（Michelangelo）是義大利文藝復興時期傑出的雕塑家、建築師、畫家和詩人，與李奧納多‧達文西、拉斐爾‧聖齊奧並稱「文藝復興藝術三傑」。米開朗基羅脾氣暴躁，經常和他的贊助人頂撞，但他一生堅持自己的藝術理念，追求藝術的完美。

〈靈與肉〉是一首體裁為義大利體的十四行詩。描述畫家畫裸體畫時，感性與理性的衝突。而這種衝突在人性中具有普遍性，文明的進展正是一種調和感性與理性衝突的進程。

這首詩第1、2段譯者的原翻譯採用如下六句翻譯四句的方式：

我的眼睛或近或遠，所見都是美之光影。
但是淑女我的雙腳，必須保持適當距離。
我們能見天堂星辰，不能爬上一親芳澤。

我純潔空靈的靈魂，超越你肉體的柵欄，
飛到輝煌發光地方，通過眼睛自由釋放。
雖然被熱情所激發，身體各自監禁一方。

這個翻譯更接近原作，但為了配合十四行詩第1、2段各四句的格式，最後並未採用。

第二章 亞洲詩歌選

一休宗純詩選（4首）

恨燒香

大師手藝難言傳，和尚花舌欲講禪。
香客燒香求菩薩，老僧憋氣在佛堂。

無題

澡堂女士獨沐浴，玉顏雪膚自洗滌。
老僧坐定熱泉中，感覺幸運勝漢帝！

春衣宿花 （漢詩）

吟行客袖幾詩情，開花百花天地清。
枕上香風寐耶寤，一場春夢不分明。

蛙 （漢詩）

慣釣鯨鯢笑一場，泥沙碾步太忙忙。
可憐井底稱尊大，天下衲僧皆子陽。

——一休宗純（1394年—1481年）

一休宗純（Ikkyu Sojun）是日本南北朝時期北朝的後小松天皇皇子，幼年出家，室町時代禪宗臨濟宗的僧人、詩人、書法家和畫家。一休雖為皇子，但由於母親來自日本南北朝政爭中被擊敗的南朝權臣家族，幕府將軍逼迫天皇將其逐出宮廷，並從小就出家，以免有後代。

　　〈恨燒香〉是一首幽默的諷刺詩，諷刺了「和尚花舌欲講禪」以及「香客燒香求菩薩」。

　　〈無題〉描述了日本的男女混浴文化。這首詩與米開朗基羅的〈靈與肉〉異曲同工，描述了感性與理性的衝突，但似乎前者調和得更好。

　　〈春衣宿花〉是一首宿妓之詩。寤，睡醒。寐，就寢。「枕上香風寐耶寤，一場春夢不分明。」表示不知是睡是醒，是真是假。

　　〈蛙〉是一首幽默的諷刺詩，諷刺了「天下衲僧皆子陽」。子陽為春秋戰國時期鄭國執政。列子評論他：「君非自知我者也，以人之言而知我，以人之言以遺我粟也。其罪我也，又將以人之言。」因此在此詩應該是嘲諷天下衲僧皆人云亦云。這首詩「慣釣鯨鯢笑一場，泥沙碾步太忙忙」，鯨鯢即鯨，雄曰鯨，雌曰鯢，說自己常常釣「鯨魚」，在泥巴上爬的青蛙哪看得上眼，是絕妙諷刺。

松尾芭蕉俳句選（16首）

萬籟俱寂時

萬籟俱寂時，
蟬鳴聲聲
入石深。

老池塘

老池塘——
一蛙躍入
水聲。

偶爾

偶爾，
雲彩送來休息，
給賞月的人。

第一場冬雨

第一場冬雨——
甚至猴子
彷彿也想蓑衣。

和尚啜飲早茶

和尚啜飲早茶，
盛開的菊花，
很安靜。

傍晚雨中

傍晚雨中，
這些盛開的芙蓉花，
美得如可愛的落日。

韭菜

韭菜
新洗過的白，
它有多冷啊！

種竹的清晨

種竹的清晨，
不下雨，
也要簑和笠。

奈良古佛前

奈良古佛前，
菊花
特清香。

旅宿

旅宿
怎堪夜雨擾，
猶聞狗悲鳴。

冬天院子裡

冬天院子裡，
蟲吟與新月
細如絲。

旅途無處借宿

旅途無處借宿，
只好多賞
野花幾叢。

海面變暗

海面變暗，
野鴨的聲音
是微弱的白。

旅途生病

旅途生病，
夢裡徘徊
一片枯葉沼澤上。

五月雨雖細

五月雨雖細，
湍湍急流
最源頭。

樹下賞落霞

樹下賞落霞，
一地落花
盡佳餚。

——松尾芭蕉（1644年—1694年）

松尾芭蕉（Matsuo Basho）是江戶時代前期的詩人，把俳句創作推向頂峰，被譽為日本「俳聖」。連他的十大弟子也被稱為「蕉門十哲」，可見在文壇的影響力極大。

　　俳句是由17音組成的日本定型短詩。俳句是由「連歌」演化而來。連歌是源於十五世紀日本的一種詩歌，來源於中國漢詩的絕句，是由多個作家一起共同創作出來的詩。連歌有五句，第一句為五、七、五句式的十七音，稱為發句。連歌是格調高雅、古典式的詩。其後，連歌漸漸被一種稱作「俳諧」的幽默詩取代。俳諧將連歌諷刺化，加入了庸俗而且時髦的笑話。在俳諧中，開始有人將發句作為獨立的作品來發表。這就是「俳句」的起源。

　　俳句的創作遵循兩個基本規則：

　　第一，俳句由三句組成（等同連歌的第一句），各有五、七、五共十七個日文音組成。

　　第二，俳句中必定要有一個季語。所謂季語是指用以表示春、夏、秋、冬及新年的季節用語。在季語中除了用「夏季的驟雨」、「雪」等表現氣候的用語外，像「蟬」、「櫻花」等動物、植物名稱，以及如「壓歲錢」這樣的風俗習慣，這些都可以拿來當做季節用語。例如「萬籟俱寂時／蟬鳴聲聲／入石深」是以蟬鳴隱喻夏季。「奈良古佛前／菊花／特清香」是以菊花隱喻秋季。

　　〈萬籟俱寂時〉說蟬聲「入」石「深」，入與深二字巧妙。〈老池塘〉說一蛙躍入「水聲」，而非「水中」，一字之差，神凡之別。這兩首應該是其傳世不朽之作。

加賀千代女詩選（2首）

朝顏

朝顏生花藤，百轉繞釣瓶。
惜花不忍折，甘願借鄰井。

楊柳樹

再睡一覺，
直到百年，
楊柳樹。

——加賀千代女（1703年—1775年）

加賀千代女（Fukuda Chiyo-ni）是江戶時代時代中期的
女俳人。婚後，剃髮出家。
　　〈朝顏〉展現了女詩人愛花的溫柔，是否暗喻希望愛人
也這樣愛護她？牽牛花在唐時被引進日本，被日本命名為朝
顏，深受喜愛。下面是原著與漢譯、英譯。

日文	漢譯	英譯
朝顏に	嬌豔牽牛花，	morning glory!
つるべ取られて	紫露晶瑩縈清井，	the well bucket-entangled,
もらい水	惜花借水去。	I ask for water.

　　因為原著「惜花借水去」的原因不是很清楚，因此譯者
採用五言古詩翻譯，以「朝顏生花藤，百轉繞釣瓶。惜花不
忍折，甘願借鄰井。」把因果關係講得更清楚。這首詩感情
豐富，是女詩人的傳世代表作。
　　〈楊柳樹〉是一首以楊柳自述的詩。水邊的楊柳總是給
人一種柔美的感覺，是一種女性化的樹。楊柳壽命長。楊柳
是睡是醒？人生是睡是醒？無論是睡是醒，轉眼百年。

與謝蕪村俳句選（16首）

冬天的河

冬天的河
飄來
貢佛的花朵

春雨

春雨
說故事，
簑衣和雨傘走過。

白菊花面前

白菊花面前，
剪刀猶豫
片刻。

以臂爲枕

以臂爲枕，
吾喜自己，
朦朧月光下。

傾聽月色

傾聽月色，
注視蛙鳴，
熟稻田裡。

一陣釜聲

一陣釜聲，
松香
冬天樹林。

西風吹

西風吹，
落葉聚集
東一堆。

春之海

春之海，
整天看著
漂來蕩去。

風來

風來
蹄漸輕，
樹下聚落櫻。

淹沒新綠葉叢中

淹沒新綠葉叢中，
高聳富士山
只剩一孤峰。

水仙旁

水仙旁，
狐狸嬉戲
清冷月光。

小睡

小睡，
醒來，
春日入黃昏。

日子漸過

日子漸過，
回憶漸多，
也漸遠難追。

日子慢慢過往

日子慢慢過往，
京都角落
聽見回聲。

白花梨樹上

白花梨樹上，
變亮月光下，
少女讀信中。

夏來日漸長

夏來日漸長，
山中雉仙子
何事飄橋上？

——與謝蕪村（1716年—1784年）

與謝蕪村（Yosa Buson）是江戶時代中期的俳人、畫家。

　　〈西風吹〉「西風吹／落葉聚集東一堆」西風吹、東一堆把靜態的景物變成了動態的畫面，讓讀者感受到西風還在吹。

　　〈白菊花面前〉「白菊花面前／剪刀猶豫片刻」其末句「片刻」暗示詩人最後還是剪下去了，這個推測對嗎？值得讀者玩味。

　　〈風來〉「風來蹄漸輕／樹下聚落櫻」原來馬蹄漸輕是因為風吹來一地落櫻。但馬蹄漸輕是因為一地落櫻鋪成軟席？還是馬或騎馬人心情變得更愉快輕鬆呢？不同的讀者，甚至同一位讀者在不同心境下感受也可能不同。

　　〈傾聽月色〉「傾聽月色／注視蛙鳴／熟稻田裡」詩人寫錯了嗎？月色應該「注視」，蛙鳴應該「傾聽」才對吧？但這正是詩人把人類感官提升到另一個層次！

　　〈白花梨樹上〉「白花梨樹上／變亮月光下／少女讀信中」先把讀者的目光從梨樹引到天上的月亮，再從月亮引到少女，只用三句話就創造了動人的場景。為何少女要在梨樹旁月亮下讀信？想必是一封重要的情書。

　　〈日子慢慢過往〉「日子慢慢過往／京都角落聽見回聲」簡單三句詩人就把時、地、事交代清楚；將抽象的過往日子化為京都角落的回聲，使回憶往日變成「聽見」回聲，如此許多熟悉的聲音源源不絕而來。

成三問詩選（2首）

此身 （古韓文）

此身逝去化何物？孤松挺立蓬萊峰。
白雪覆滿乾與坤，惟見孤松獨青榮！

絕命詩 （漢詩）

擊鼓催人命，回頭日欲斜。
黃泉無一店，今夜宿誰家。

——成三問（1418年—1456年）

成三問（Seong Sam-mun）是朝鮮王朝前期學者、政治家，訓民正音八位編者之一，亦是死六臣之一。

　　〈此身〉詩人預知自己的未來，發出「此身逝去化何物？孤松挺立蓬萊峰。」這樣的自問自答。蓬萊峰位於安徽省安慶市天柱山風景區。古木護石，葛蔓繞膝，躋身往來，險象叢生　（百度百科）。蓬萊是道家的詞語，出自《列子・湯問篇》，形容高雅出俗、難以尋覓的美好景緻　（維基百科）。此詩的蓬萊峰未必指具體的位置，或許是隱喻身後世界。詩人以孤松自喻，即使「白雪覆滿乾與坤」也是「惟見孤松獨青榮」。詩人本人是忠臣不侍二主，並因此拮身，故此詩雖品味極高，但確實是詩人高尚節操的真實寫照。

　　〈絕命詩〉這首詩之前有兩首相當相似的作品。日本大津皇子（663年—686年）的五言臨終一絕：「金烏臨西舍，鼓聲催短命。泉路無賓主，此夕誰家向。」此外，中國明朝朱元璋時孫蕡（1334年—1389年），因案株連被殺，臨刑作詩：「鼉鼓三聲急，西山日又斜。黃泉無客舍，今夜宿誰家。」

黃眞伊詩選（5首）

青山裡（時調）

青山裡，碧溪水，
莫誇一日千里流，滄海一到不復還。
問君何不暫歇留，明月今夜滿空山。

冬至漫長夜（時調）

剪取冬至夜半強，春風被裡盤捲藏。
燈明月暗君來夜，春宵舒捲寸寸長。

傷逝（漢詩）

昨日黃花老，當初未君折。
昔昔時已過，春又奈若何。

小柏舟（漢詩）

汎彼中流小柏舟，幾年閒繫碧波頭。
後人若問誰先渡，文武兼全萬戶侯。

奉別蘇陽穀（漢詩）

月下庭梧盡，霜中野菊黃。
樓高天一尺，人醉酒千觴。
流水和琴冷，梅花入笛香。
明朝相別後，情與碧波長。

　　　　　　　　　──黃眞伊（約1500年─1560年）

　　黃眞伊（Hwang Jini）是朝鮮王朝時期女詩人，被稱為
「韓國的李清照」。她善於琴藝、歌唱，是一位著名的妓生
（藝妓），為松都三絕之一（另二絕為松都景點朴淵瀑布、
理學家徐敬德）。松都曾為國都達476年。黃真伊在世時已
非國都。
　　〈青山裡〉是一首情詩。以「青山裡，碧溪水，莫誇一
日千里流，滄海一到不復還。」暗喻青春年華一逝不復返。
「問君何不暫歇留，明月今夜滿空山。」以明月自喻，充滿
留君的期待。原作為「青山裡，碧溪水，莫誇易移去，一到

滄海不復還。明月滿空山，暫休且去若何？」各句字數不齊一，故略作修改。

〈冬至漫長夜〉是一首情詩。「剪取冬至夜半強，春風被裡盤捲藏」將冬夜難熬的「時間」裁剪、捲藏。「燈明月暗君來夜，春宵舒捲寸寸長」等到愛人來的夜晚，再將「時間」舒捲成「春宵」，把抽象的時間用具體的意象表達，可說達到了詩歌的最高境界，堪稱曠世傑作。原作為「截取冬之夜半強，春風被裡屈幡倉。有燈無月朗來夕，曲曲鋪舒寸寸長。」其中有許多奇怪的漢字用法，故略作修改。

〈小栢舟〉這首詩女詩人以「小舟」自喻，「後人若問誰先渡，文武兼全萬戶侯」暗喻心中的夫君必須是人中龍鳳。

鄭澈詩選（5首）

秋夜（漢詩）

蕭蕭落葉聲，錯認爲疏雨。
呼僧出門看，月掛溪南樹。

秋口作（漢詩）

山雨夜鳴竹，草蟲秋近床。
流年那可駐，白髮不禁長。

關東別曲（節譯）

一萬二千峰連峰，峰峰崢嶸摩天高。
日出華光頂上頂，東山泰山誰天驕。

兩石佛

石佛立路旁，一雙面對面。霜裂消瘦臂，雨綠病弱肩。
捱凍又忍飢，風颳低垂眼。免聞人間苦，吾心仍欣羨。

嶺外

老來嶺外農，新酒已釀成。
醒來臥牛夢，小兒執牛繩。
農舍來安身，酒友敲我門。

——鄭澈（1536年—1593年））

鄭澈（eong Cheol）是朝鮮王朝詩人、歌辭文學大家，
與尹善道和朴仁老並稱「朝鮮三大國語詩人」。

〈關東別曲〉「一萬二千峰連峰」與「日出華光頂上
頂」分別擴展了讀者視野的「寬度」與「高度」，堪稱絕妙
之句。

〈兩石佛〉先感嘆石佛「霜裂消瘦臂，雨綠病弱肩。捱
凍又忍飢，風颳低垂眼」之苦，但末句「免聞人間苦，吾心
仍欣羨。」凸顯人間更苦。

尹善道詩選（1首）

《漁夫四時詞》（選春其中2段）

春

這是杜鵑的召喚嗎？這是柳林的新綠嗎？

　　划槳啊，划槳啊！

遠處村莊的幾個小屋在大霧中時隱時現。

　　叮噹響，叮噹響，划啊！

水深而清澈的地方整個魚群都可以看見。

愉悅陽光輕撫地面，柔和波浪如油滑動。

　　再划啊，再划啊！

漁網在這裡有用嗎，還是我該用釣魚竿？

　　叮噹響，叮噹響，划啊！

想到屈原漁夫歌謠，我幾乎忘記了漁撈。

　　　　　　　　——尹善道（1587年—1671年）

　　尹善道（Yun Seond）是朝鮮王朝時調大家，與鄭澈和朴仁老並稱三大國語詩人，也是山水田園文學的集大成者。尹善道出生於兩班家庭，是南人黨強硬派人物。由於當時黨爭激烈，多次被革職、流放，在鄉村或漁村度過人生大部分時間，並創作了大量優秀的山水田園作品。代表作有在故鄉海

南所寫的山中新曲（包括朝霧謠、夏雨謠、日暮謠、夜深謠、飢歲嘆、五友歌）、山中續新曲，以及老後隱退時所作的《漁父四時詞》。

《漁父四時詞》分春夏秋冬四季各10段，每段5句。〈春〉是一首自述詩，寫出官場退隱後樂於當一名漁夫自力更生，同時又不忘欣賞山光水色，但又不免「想到屈原漁夫歌謠，我幾乎忘記了漁撈。」屈原的〈漁父〉最後一段是「滄浪之水清兮，可以濯吾纓。滄浪之水濁兮，可以濯吾足。」暗示詩人對進退官場的態度。這首詩的風格跟傳統的文人詩歌很不同，在詩句中間插入了漁夫工作時發出的聲音，具有民歌的風格。詩中原本是用「咭嘎嗆，咭嘎嗆，喔嘻哇！」狀聲詞來表達拉動船錨鐵鍊的聲音，在此翻譯成「叮噹響，叮噹響，划啊！」。

《春香傳》詩選（1首）

無題（漢詩）

金樽美酒千人血，玉盤佳餚萬姓膏。
燭淚落時民淚落，歡聲高處怨聲高。

——《春香傳》（18世紀末—19世紀初）

　　這首詩是《春香傳》中的一首詩。《春香傳》是朝鮮半島著名的愛情故事，最早產生於十四世紀高麗時代，18世紀末、19世紀初才形成完整的作品，講述了藝妓成春香和貴公子李夢龍之間迂回曲折的愛情故事。根據不同版本的流傳，兩人的結局也不盡相同。例如，版本1，男主角做了官，懲處惡人後，兩人團聚。版本2，則是男主角在京城與貴族之女結婚，春香含恨自殺。

　　〈無題〉這首詩張力十足，堪稱傳世傑作。每一句只有七字，但前四字與後三字對比強烈，是對古代統治階層最嚴厲的血淚指控。

金樽美酒——千人血，
玉盤佳餚——萬姓膏。
燭淚落時——民淚落，
歡聲高處——怨聲高。

黎聖宗詩選（2首）

石狗

巨爪守邊關，獨蹲坐街坊。
不理霜雪寒，不求俸祿賞。
直視來者臉，聆聽閒語談。
一心侍主人，千斤不能轉。

題壺公洞（漢詩）

神錐鬼鑿萬重山，虛室高窗宇宙寬。
世上功名都是夢，壺中日月不勝閒。
華陽龍化玄珠墜，碧落泉流白玉寒。
我欲乘風凌絕頂，望窮雲海有無間。

—— 黎聖宗（1442年—1497年）

　　黎聖宗（Lê Thánh Tông）是越南後黎朝第五任君主。
　　〈石狗〉中的「石狗」是越南街道上常見的雕塑，作者
以石狗比喻忠臣。
　　〈題壺公洞〉作者雖為帝王，但對雲遊四海還是很嚮
往。因此在第一、三段寫景之中，加入了寫意的第二、四
段。末段「我欲乘風凌絕頂，望窮雲海有無間。」是佳句。

阮秉謙詩選（2首）

歸隱

年過七四古來稀，舊居過年心驚喜。
陋室雖舊世界新，藏書滿室春滿園。
竹茂房空無一人，一扇明窗一長椅。
誰是誰非誰在乎？可笑當年自癡愚。

安閒

一鋤一鏟一釣竿，誰勝閒翁自樂安。
我愚喜覓靜處留，他聰好尋鬧市遊。
春浴荷池夏蓮塘，秋食鮮筍冬豆餐。
獨酌小酒樹下眠，醉看富貴白雲間。

——阮秉謙（1491年—1585年）

　　阮秉謙（Nguyễn Bỉnh Khiêm）是越南南北朝時期的哲學家、教育家、儒者、詩人，也是後世高臺教的「聖人」之一（另二聖人是中國革命家孫中山、法國大文豪維克多·雨果）。他頌揚「安閒」思想，「高潔誰為天下士？安閒我是地上仙！」是其名句。

　　〈歸隱〉是一首自述詩。「陋室雖舊世界新，藏書滿室春滿園」是佳句。「誰是誰非誰在乎？可笑當年自癡愚。」更是妙句，一個「誰在乎」把「誰是誰非」都比下去。

〈安閒〉「一鋤一鑱一釣竿」三樣日常工具都入了詩，「誰勝閒翁自樂安」嘲諷了俗人。「我愚喜覓靜處留，他聰好尋鬧市遊。」點出人各有志。「春浴荷池夏蓮塘，秋食鮮筍冬豆餐」這是閒人的日常。「獨酌小酒樹下眠，醉看富貴白雲間」是有品味的閒人日常，也是這首詩的最佳詩句。

卡比爾格言詩選（7首）

1

人生只一回，無法重來過，
熟果一落地，返枝難登天。

2

日升必日落，花開必花謝，
新塔終老傾，有生就有滅。

3

新葉見老葉，笑得嘴開裂，
轉眼時候到，終究地上會。

4

君身近天高，君心先莫驕。
一朝天地搖，樓塌生野草。

5

多少經典皆夢語，浩瀚典籍費一生。
編織空想無依據，且把聰明人來欺。

6

藍田種玉育生命，五體之身皆相同。
世人都是子宮生，哪分貴胄與賤種？

7

若拜石頭可成仙，不如跪拜石頭山。
我看該拜石磨子，起碼幫人磨麵粉。
石頭拿來建廟宇，神像也用石頭造，
石廟石像終將倒，哪來神力把人保？

                                    ——卡比爾（1440年—1518年）

卡比爾（Kabir）是15世紀印度神秘主義詩人、聖人。卡比爾早年生活在一個穆斯林家庭中，但他受到了印度教的強烈影響。他的作品影響了印度教、錫克教。

卡比爾的格言詩中充滿了詩人的人生智慧以及對社會一些腐敗的批評。例如：

第2首詩與中國道家的思想相通。

第5首詩中，詩人嘲諷了對浩瀚宗教經典偏執的人。

第6首詩中，詩人嘲諷了社會階級，是絕佳之作。前三句敘述了理由，第四句得出了「哪分貴胄與賤種」的結論。

第7首詩中，詩人以石頭為詩之「眼」，以通俗又顯而易見的道理，幽默地嘲諷了對偶像崇拜之人。

第四篇 夜有千眼

現代前期（西元 1800 年到 1915 年）

第一章 英國、愛爾蘭詩歌選

威廉‧布萊克詩選（2首）

倫敦

我走過每條出租街道，徘徊泰晤士出租河岸，
看見每一個過往行人，都有張衰弱痛苦臉孔。

每個人每一聲的呼喊，每個嬰孩害怕的哭啼，
每一句話每一條禁令，我聽到心靈鐐銬拖行。

多少掃煙囪孩子哭喊，震驚一座座薰黑教堂，
多少不幸的士兵哀歎，化成鮮血奔灑上宮牆。

但我最怕在深夜街頭，聽到年輕妓女的詛咒！
嚇出初生嬰兒的眼淚，看到瘟神送葬的靈車。

老虎

老虎！老虎！在黑夜森林燃燒火光！
究竟怎樣的鬼斧神工，方能造就你可怕勻稱？

你炯炯兩眼有火燃燒，來自多遠深淵或天空？
你有怎樣翅膀敢渴望？你有怎樣手臂敢來搶？

又是怎樣的壯臂巧手，把你的心臟筋肉捏成？
當你的心臟開始搏動，怎樣威力在腿足手爪？

怎樣鐵槌與怎樣鐵砧，在怎樣熔爐煉成腦子？
怎樣鐵夾與怎樣鐵臂，膽敢捉住可怕的凶神？

群星投下他們的標槍，他們眼淚濕潤了穹蒼，
是否表示欣賞這神作？他創造你也創造羔羊？

老虎！老虎！在黑夜森林燃燒火光！
究竟怎樣的鬼斧神工，方能造就你可怕勻稱？

──威廉・布萊克（1757年─1827年）

　　威廉・布萊克（William Blake）是英國浪漫主義詩人、畫家。他的詩有的具有深奧哲理，例如〈一棵有毒的樹〉〈老虎〉；有一些具有杜甫那種悲天憫人的感染力，揭發工業革命帶來的不幸，例如〈倫敦〉、〈掃煙囪孩子〉。
　　〈倫敦〉是一首描述工業革命初期倫敦街頭景象的詩，揭發工業革命帶來的不幸。全詩分四段，讀來一段比一段令人怵目驚心。這首詩很有杜甫悲天憫人的胸懷。

〈老虎〉有人認為這是一首暗喻詩，「老虎」指的是工業革命。這首詩共六段，首段「老虎！老虎！在黑夜森林燃燒火光！究竟怎樣的鬼斧神工，方能造就你可怕勻稱？」以急促的「老虎！老虎！」配合工業革命工廠裡單調的機械撞擊的節奏。第二、三、四段描述了老虎的威力，以及創造牠工匠的互動，詩人似乎很擔心工匠無法控制這隻他創造出來的「兇神」。第五段來到象徵造物者的「穹蒼」，祂會欣賞人類的「神作」？人類是否創造了違反自然規律的事物？末段重複了首段，在次出現急促的「老虎！老虎！」的節奏。

華滋華斯詩選（2首）

威斯敏斯特橋上

天地再無更美風景，如此壯麗動人靈魂。
能夠無動於衷走過，他的心靈必已麻木。

城市穿上全新衣裳，披上伏貼薄紗晨光。
船舶尖塔劇院教堂，向郊野向天穹開放。

陽光灑落峽谷山陵，不比這晨光更絢麗。
從未感受深沉寧靜，河面清水去向隨心。

千門萬戶酣睡未醒，壯美之心仍在平靜！

孤遊若雲

我若白雲孤獨遊，飄過山頭越山澗。
忽見水仙黃金顏，雅集樹下聚湖畔。

一片花海迎風舞，綿延水岸到天邊。
一眼望去花萬朵，花朵星燦銀河懸。

水波善舞輸水仙，詩人焉能不歡顏。
一看再看竟忘懷，天賜美景勝金錢。

從此每逢不成眠，水仙閃爍來眼前。
共舞一曲飛天仙，喜樂填滿我心田。

——威廉‧華茲華斯（1770年—1850年）

　　威廉‧華茲華斯（William Wordsworth）是英國浪漫主
義詩人，曾當上桂冠詩人，湖畔詩人之一。他從擁護法國大
革命（1789年—1799年）變成反對，於是寄情山水，在大
自然裡找慰藉。他的詩感情豐富，對未來總是抱著樂觀的
精神。華茲華斯認為「所有的好詩都是強烈情感的自然流
露」，主張詩人「選用人們真正用的語言」來寫「普通生
活裡的情境」。代表作有〈威斯敏斯特橋上〉、〈孤遊若
雲〉、〈孤獨的割麥女〉、〈致杜鵑〉等。
　　〈威斯敏斯特橋上〉是一首描述西敏橋（Westminster
Bridge）清晨的十四行詩，這是一座位於英國倫敦的拱橋，
跨越泰晤士河。透過將城市擬人化「披上伏貼薄紗晨光」，
然後晨光穿越市中心、郊區、一路到鄰近山河，由近而遠，
想像力萬千地描繪了這座橋的壯麗。最後「千門萬戶酣睡未
醒，壯美之心仍在平靜！」致上最崇高的讚頌。
　　〈孤遊若雲〉詩人想像自己若「白雲孤獨遊，飄過山頭
越山澗。」接著「忽見水仙黃金顏，雅集樹下聚湖畔。」這
美好的回憶讓詩人「從此每逢不成眠，水仙閃爍來眼前。」
有一種「雲遊」的氣氛。

拜倫詩選（2首）

我倆不再共遊

我倆不再共遊，消磨幽深夜晚。
儘管我心迷戀，儘管月色燦爛。

利劍磨穿劍鞘，靈魂折磨胸膛。
心得停下呼吸，愛情也需歇息。

夜晚為愛降臨，轉眼就到白晝。
儘管月色燦爛，我倆不再共遊。

她走在美的光彩中

伊人漫步絕美間，如星遊移碧雲天。
絕妙明暗春色澤，盡在儷影明眸見。
驕陽明月欲爭輝，上天阻止婉轉勸。

增減一分皆不宜，超凡脫俗天恩典。
烏黑秀髮波浪漫，反射光澤映玉顏。

純潔無瑕好心腸，真誠善良存心田。

迷人臉頰柳葉眉，溫柔婉約萬人迷。
傾城微笑顏如玉，談笑舉止顯至善。
其思純樸安於世，其愛純真心無邪。

——拜倫勳爵（1788年—1824年）

　　拜倫勳爵（Lord Byron）是英國浪漫主義詩人、革命家。世襲男爵，人稱「拜倫勳爵」（Lord Byron）。代表作有長篇的《唐璜》，以及短篇作品〈她走在美的光彩中〉。拜倫在他的傑作《唐璜》（1818—1823）裡以熱血青年為主角。拜倫人如其詩，他個人也是個熱愛希臘文化，參加革命的熱血青年，產生了超越英國和歐洲的文化和政治上的重大影響。

　　〈我倆不再共遊〉是一首談愛情觀的詩，詩人認為「愛情也需歇息」所以「儘管月色燦爛，我倆不再共遊。」

　　〈她走在美的光彩中〉是一首讚美一位女子的詩。她的美已經到達「驕陽明月欲爭輝，上天阻止婉轉勸。」以及「增減一分皆不宜，超凡脫俗天恩典。」的國色天香境界，而且「真誠善良存心田」、「談笑舉止顯至善」宛若仙女。

雪萊詩選（3首）

小島

小島綠茵紫羅蘭，繽紛勝似彩晶窗。
夏風編織花草亭，青松玉立蔽日光。
雲峰環繞湛藍水，萬頃碧波一海灣。

愛的哲學

泉水總向江河流，江河又向大海游；
天上白雲樂融融，春風總是情脈脈。

世上哪有孤零零？萬物終究從天然；
成雙成對琴瑟和，何以你我竟獨特？

你看高山吻碧空，海浪波濤相互擁；
姐妹花兒相體諒，兄弟郎兒互扶持。

陽光懷抱錦繡地，月光親吻浪花涯；
這些甜蜜有何益，若你不肯親吻我？

奧西曼提斯

我在古老土地遇到旅者，他說有塊巨大無腿石頭，
站在沙漠中而巨石旁邊，一個破碎臉孔半沉砂丘。

皺眉冷唇像在冷酷下令，顯示雕塑家必用心揣摩，
竟使這些沒有生命頑石，將其神情千秋萬世傳頌。

雕師之手主人之心已逝，在基座上這些銘文出現：
吾奧西曼提斯王中之王，我豐功偉業令豪傑絕望！

環顧廢墟除此幾乎無物，平坦砂丘延伸無際無邊。

——珀西・雪萊（1792年—1822年）

珀西・雪萊（Percy Bysshe Shelley）是英國浪漫主義詩人。雪萊的抒情詩愛情專一而意境高遠。代表作有〈西風頌〉〈愛的哲學〉等。〈西風頌〉（1819）鼓舞了當時和後世的革命志士。

〈小島〉是一首描述小島美景的風景詩。「彩晶窗」是指原詩中的mosaic，音譯馬賽克，是指鑲嵌藝術，常見於歐洲教堂中的玻璃藝品，又稱為花窗玻璃。

〈愛的哲學〉是一首詩人發表對「愛」的看法的哲理詩。這個「愛」不是單指愛情，而是人類之間廣義的愛。

〈奧西曼提斯〉是一首以虛構故事，抒發對歷史興衰感
嘆的十四行詩。詩中說雕塑家「竟使這些沒有生命頑石，將
其神情千秋萬世傳頌」是佳句。末段「環顧廢墟除此幾乎無
物，平坦砂丘延伸無際無邊。」是對第三段霸氣銘文的反
諷。

濟慈詩選（2首）

憂鬱頌（共三段，選譯第三段）

憂鬱和美麗共同生活，而美麗總是死劫難逃；
喜樂的手永遠放唇上，隨時準備道別而遠遊；
受苦的高興就在身旁，當蜂口啜飲變成毒漿；
在歡樂的華麗殿堂裡，戴面紗憂鬱有其王座；
儘管歡樂的舌頭靈敏，也沒嘗過喜樂的葡萄；
歡樂靈魂遇憂鬱力量，立成戰利品懸掛雲朵。

蚱蜢與蟋蟀

大地詩歌永不止息——
當鳥兒在炎夏暈倒，躲到涼爽樹林休息，
一個清亮聲音飄盪。
從一片到一片草地，那是蚱蜢帶頭享受，
夏天豪華無窮歡暢。
當歌唱到疲憊時候，一株宜人青草之下，
安心休息暫停歌唱。

大地詩歌永不止息——

在一孤獨冬天晚上，冰霜編織沉默大地，

爐子蟋蟀歌曲清揚。

溫暖歌聲越來越響，半睡半醒彷彿聽到，

夏日蚱蜢草地歌唱。

——約翰·濟慈（1795年—1821年）

　　約翰·濟慈（John Keats）是英國浪漫主義詩人，英年早逝的天才。他在1819年一年之內，寫出了他幾乎全部最重要的詩篇：〈夜鶯頌〉、〈希臘古甕頌〉、〈秋頌〉、〈許佩里翁〉。〈希臘古甕〉藉由對一個希臘古甕的描述，暗示了美與藝術的不朽性，堪稱傳世傑作。

　　〈憂鬱頌〉將許多抽象名詞擬人化：如美麗Beauty；喜樂Joy；高興Pleasure；歡樂Delight；憂鬱Melancholy。描繪了這些情緒之間的複雜關係。每一詩句都有暗喻：

　　「憂鬱和美麗共同生活，而美麗總是死劫難逃」：美麗經常伴隨憂鬱，紅顏薄命。

　　「喜樂的手永遠放唇上，隨時準備道別而遠遊」：喜樂總是來去匆匆。

　　「受苦的高興就在身旁，當蜂口啜飲變成毒漿」：高興之後常有苦難。

　　「在歡樂的華麗殿堂裡，戴面紗憂鬱有其王座」：歡樂背後隱藏憂鬱。

　　「儘管歡樂的舌頭靈敏，也沒嘗過喜樂的葡萄」：歡樂

並非真正喜樂。

「歡樂靈魂遇憂鬱力量，立成戰利品懸掛雲朵」：歡樂總是不敵憂鬱。

〈蚱蜢與蟋蟀〉的靈感來自大自然的美麗。一般詩人通常在春天和好天氣裡發現美麗和詩意。但濟慈不一樣，他覺得大自然四季都很美，包括炎熱的夏天和寒冷的冬天。詩人將蚱蜢象徵為炎熱的夏天，將蟋蟀象徵為非常寒冷的冬天。他認為即使鳥兒在炎熱的夏天停止歌唱，地球仍在歌唱。蚱蜢在這段時間裡不知疲倦地高歌。而在寒冷的冬天，地球也不斷透過躲在爐邊歌唱的蟋蟀來表達快樂。這首詩告訴讀者，無論生活在什麼情況下，我們都可以感到快樂。有了這種態度，我們就可以克服生活中的難關。

伊莉莎白・白朗寧十四行詩選

第14首：如果你真心愛我

如果你真心愛我，除了愛無需理由。
別說因爲她微笑，外貌美說話溫柔。

這伎倆只能討好，保一天愉快輕鬆。
對於你說的這些，不可能天長地久。

莫因憐惜而愛我，只想擦乾我眼淚，
淚水流光是遲早。

憐愛可貴難共老，但爲愛我而愛我，
如此愛到天地久。

第43首：我多麼愛你

我多麼愛你？讓我來測量。我愛你深度，廣度和高度。
當視線不明，靈魂有方向。爲了逝去後，有恩典可享。

愛你的程度，如日常所需：白天需日照，夜晚需燭光。
自由地愛你，為真理奮鬥；純真地愛你，因讚譽害羞。

愛你以熱情，度過舊時悲；愛你以信賴，走過兒時歡。
以已經失去，對逝去聖徒，此種愛愛你。以呼吸愛你，

以笑容眼淚，以全部一生。如蒙主恩召，死後愛更深。

——伊莉莎白·白朗寧（1806年—1861年）

　　伊莉莎白·白朗寧（Elizabeth Browning）是英國維多利亞時代最受人尊敬的女詩人之一。代表作有〈葡萄牙人的十四行詩集〉，這本詩集共收有44首十四行詩。
　　〈如果你真心愛我〉是一首十四行詩，闡述詩人的愛情觀。詩人認為「外貌美說話溫柔」是「不可能天長地久」；也「莫因憐惜而愛我」，因為「憐愛可貴難共老」；只有「但為愛我而愛我，如此愛到天地久。」
　　〈我多麼愛你〉是一首十四行詩，漢譯時採用二句漢語五言詩翻譯一句英文詩。詩中闡述我愛你是為了「當視線不明，靈魂有方向。」而愛你的程度「如日常所需：白天需日照，夜晚需燭光。」已經到了生命必需品的程度。「以已經失去，對逝去聖徒，此種愛愛你。」愛你的心靈層級已經接近對宗教的愛。「以呼吸愛你，以笑容眼淚，以全部一生。」對你的愛已經到了無時無刻不存在的境地。

羅勃特・白朗寧詩選（1首）

夜會情人

灰暗大海黑色海岸，黃色半月大而低懸。
驚天小浪一躍而起，在沉睡的天地之間。

當載我小舟入海灣，淤積沙子速度減緩。
接著一里溫暖海灘，越過出地農舍眼前。

在大門上輕扣門環，歡樂恐懼火柴點燃。
門環聲音不算響亮，比起我倆心跳交纏。

　　　　　　　——羅勃特・白朗寧（1812年—1889年）

　　羅勃特・白朗寧（Robert Browning）是英國詩人，劇作家。其妻為伊莉莎白・白朗寧（冠夫姓）。代表作有〈夜會情人〉〈異鄉情思〉〈我的前公爵夫人〉等。「我的前公爵夫人」以公爵獨白的方式，對虛偽又勢利，矯情又無情的貴族階級極盡嘲諷，堪稱諷刺詩的一絕。
　　〈夜會情人〉是一首描述約會的情詩。前兩段描述緊張興奮的赴約過程，襯托末段高張的愛火：「在大門上輕扣門環，歡樂恐懼火柴點燃。門環聲音不算響亮，比起我倆心跳交纏。」其中第一、三句描寫的扣門環這個簡單、輕微的動作，襯托了第二、四句描述的「歡樂恐懼火柴點燃」、「比起我倆心跳交纏」複雜、激烈的心情，堪稱傑作。

艾蜜莉‧白朗特詩選（1首）

愛情與友誼

愛情狂野像野玫瑰，友誼穩重如冬青樹。
玫瑰綻放冬青翠綠，但哪個能長保盛年？

春天盛開狂野玫瑰，夏天微風瀰漫香甜。
然而等到冬天來到，誰還讚美玫瑰美豔？

枯萎花圈如今可笑，光鮮冬青這時可觀。
當冬月你眉頭深鎖，誰能讓你頭戴翠冠。

——艾蜜莉‧白朗特（1818年—1848年）

　　艾蜜莉‧白朗特（Emily Brontë）是英國作家與詩人，著名的白朗特三姐妹之二姐，〈咆哮山莊〉的作者，這也是她一生中唯一一部小說。詩歌代表作有〈希望〉、〈追憶〉等。

　　〈愛情與友誼〉是一首比較「愛情」與「友誼」的詩，詩人以「野玫瑰」象徵愛情，以「冬青樹」象徵友誼。這首詩三段的每一段前兩句對二者都有讚美，但每一段的後兩句都用疑問句來暗示「友誼」略勝一籌，如「玫瑰綻放冬青翠綠，但哪個能長保盛年？」、「然而等到冬天來到，誰還讚美玫瑰美豔？」、「當冬月你眉頭深鎖，誰能讓你頭戴翠冠。」

但丁・羅塞蒂詩選（1首）

白日夢

深綠梧桐繁茂樹枝，還有一半夏日新綠。
早先知更鳥色金藍，如今隱入深綠核心。

畫眉高音穿過盛夏，嫩葉還是不斷湧現，
但已不像早春新芽，螺旋形如玫瑰花蕾。

夢幻之樹分枝陰影，夢可從春天到秋天。
無夢如女人白日夢，可以觸動靈魂深處，
藍天不比她雙眼深。她做了一個白日夢，
直到被遺忘的書上，掉下手上遺忘花朵。

——但丁・羅塞蒂（1828年—1882年）

　　但丁・**羅塞蒂**（Dante Gabriel Rossetti）是英國畫家、詩人、插圖畫家和翻譯家。他是詩人克莉斯緹娜・羅塞蒂（Christina Rossetti）和畫家威廉・邁克爾・羅塞蒂（William Michael Rossetti）的哥哥。
　　〈白日夢〉是一首詩人為愛人作了一幅畫，並為此創作的十四行詩。原詩最後六句被譯成八句。前兩段對這幅畫的背景有生動地描繪。如果讀者曾仔細觀察某些樹的早春新芽，會發現確實「螺旋形如玫瑰花蕾」。第三段才出現正在作白日夢的愛人，並以「直到被遺忘的書上，掉下手上遺忘花朵。」完美結尾。

克莉絲蒂娜‧羅塞蒂詩選（1首）

歌

在我死後親愛的，別爲我哼唱悲歌；
墳上不必插薔薇，亦無需青蔥柏樹。
不如蓋我青草地，淋微雨也沾露珠；
記住我如你願意，忘了我如你甘心。

再見不到綠樹蔭，再收不到甘雨露；
再聽不見夜鶯歌，黑夜中傾吐悲啼。
穿過暮光作永夢，此光不升亦不落；
我也許記得住你，我可能將你忘記。

——克莉絲蒂娜‧羅塞蒂（1830年—1894年）

　　克莉絲蒂娜‧羅塞蒂（Christina Rossetti）是英國女詩人，是詩人兼畫家但丁‧羅塞蒂的妹妹。代表作有〈想念〉、〈歌〉、〈生日〉等。
　　〈歌〉是一首描述生命觀的詩。第一段要愛人「在我死後親愛的，別爲我哼唱悲歌」，末句「記住我如你願意，忘了我如你甘心」。第二段說自己「穿過暮光作永夢，此光不升亦不落」，末句「我也許記得住你，我可能將你忘記」。這兩段都說明了詩人豁達的生命觀。

湯瑪士・哈代詩選（1首）

聲音

我思念的女人，你怎能對我說，
你已不像從前，那時的那個人：
當你是我全部，時光如此美好。

我聽的真是你？那麼讓我看你，
像在鎮上站立，你在哪裡等我。
就像認識那時，身穿天藍禮服。

或者只是微風，無精打采之聲，
穿過濕潤草地，朝我這邊而來。
你永遠無所懼，我永遠聽不見。

我蹣跚向前行，身邊落葉紛紛，
稀薄北風冷冷，穿過荊棘而出，
傳來女人之聲，這是誰的聲音？

—— 湯瑪士・哈代（1840年—1928年）

湯瑪士・哈代（Thomas Hardy）是英國作家；生於農村

沒落貴族家庭。他的作品對人民貧窮不幸的生活充滿同情，對工業文明和道德作了深刻的揭露和批判，並帶有一些悲觀情緒和宿命論色彩。代表作有〈暗處的畫眉鳥〉〈聲音〉等。

　　〈聲音〉是一首思念亡妻的詩。詩人依稀聽到樹林「傳來女人之聲」疑問「我聽的真是你？」但理性上猜想「或者只是微風，無精打采之聲，穿過濕潤草地，朝我這邊而來。」

威廉‧亨利詩選（1首）

永不言敗

夜幕低垂將我罩，兩極之間黑如漆，
我感謝全能上帝，賦予我不敗心靈。

環境險惡危急中，過關斬將不退縮，
四面楚歌脅迫下，頭破血流不屈從。

恐怖陰影步步逼，威脅利誘年年來，
超越憤怒與眼淚，始終挺立無所懼。

儘管危殆不間斷，縱然通道無比窄，
我是我命運主人，我是我心靈統帥。

——威廉‧亨利（1849年—1903年）

　　威廉‧亨利（William Henley）是英國詩人、文學評論家和編輯。代表作有〈永不言敗〉。
　　〈永不言敗〉是一首描述人生奮鬥的詩。末段「儘管危殆不間斷，縱然通道無比窄，我是我命運主人，我是我心靈統帥。」後二句是充滿力量的絕妙詩句。

法蘭西斯・布狄倫詩選（1首）

夜有千眼

夜有千眼晝唯一，
日落天地歸黑漆。
智有千思心唯一，
愛逝人生了無意。

——法蘭西斯・布狄倫（1852年—1921年）

　　法蘭西斯・布狄倫（Francis Bourdillon）是英國詩人、翻譯家。代表作有〈夜有千眼〉。
　　〈夜有千眼〉是一首描述理智與感情的哲理詩。以星星比喻千思的理智，以太陽比喻唯一的真愛。比喻十分巧妙。這首詩原文如下：

The night has a thousand eyes,
And the day but one;
Yet the light of the bright world dies
With the dying sun.

The mind has a thousand eyes,
And the heart but one:
Yet the light of a whole life dies
When love is done.

王爾德詩選（2首）

給妻一本我的詩集

我詩雖難稱偉篇，甚至談不上莊嚴，
詩人仍願以詩歌，誠心勇敢去呈現。

如果飄零的花瓣，有一片你覺得美，
愛將飄盪又迴旋，直到落在秀髮間。

冬日寒風硬化了，所有無情的地面，
總有一天你明白，還有耳語在花園。

晨的印象

泰晤士河藍金夜曲，已變成灰濛色和諧。
駁船載滿褐色乾草，離開碼頭一邊喊冷。

黃霧漸漸降臨橋樑，房屋牆壁朦朧陰影。
聖保羅教堂的圓頂，像泡在小鎮上泡沫。

然後突然出現鏗鏘，生活喧囂直闖城街。

街道被大馬車吵醒，鳥兒飛到屋頂唱歌。

但有蒼白女人孤單，晨光親吻她的秀髮。

她在煤氣燈下徘徊，熱火嘴唇鐵石心腸。

——奧斯卡‧王爾德（1854年—1900年）

　　奧斯卡‧王爾德（Oscar Wilde）是愛爾蘭作家、詩人、
劇作家，英國唯美主義藝術運動的倡導者。
　　〈給妻一本我的詩集〉第二段「如果飄零的花瓣，有一
片你覺得美，愛將飄盪又迴旋，直到落在秀髮間。」絕美。
第三段「冬日寒風硬化了，所有無情的地面，總有一天你明
白，還有耳語在花園。」真愛。
　　〈晨的印象〉此詩描述一位街頭妓女。前三段鋪陳城市
的清晨。最後一段才是重點「但有蒼白女人孤單，晨光親吻
她的秀髮。她在煤氣燈下徘徊，熱火嘴唇鐵石心腸。」特別
是「熱火嘴唇鐵石心腸」是絕佳描繪，但可以感受到詩人對
這女人是同情的。

第二章 法國詩歌選

雨果詩選（2首）

明天，天一亮……

明天天一亮動身，在天邊變白時候。
我知道你在等我，我穿山越嶺而來。

心裡只剩下思念，看不到也聽不見。
彎身背手獨憂愁，白晝黑夜自傷悲。

我不看落日彩霞，也不看海上風帆。
當我到達你墳上，一束青枝一束花。

窮孩子

看小小大地之子，他純潔有如上帝；
在孩子出生一刻，藍天中閃爍星光。

他們來到吾塵世，上帝給他們時間；
他們講話說不清，他們笑容神寬恕。

甜美光芒照眼前，他們權利很單純；

他們如忍飢捱凍，天堂將痛苦憤怒。

無罪花朵有人欺，有罪之人斷曲直；
天使塵世人玩弄，天堂深處雷霆動。

眷顧我們的上帝，挑選了這些溫柔；
讓他們帶翅降生，卻發現襁褓哭聲！

—— 維克多‧雨果（1802年—1885年）

　　維克多‧雨果（Victor Hugo）是法國浪漫主義作家。雨果幾乎經歷了19世紀法國的所有重大事變。一生創作了眾多詩歌、小說、劇本、散文和文藝評論及政論文章。代表作有《悲慘世界》等。年輕時，雨果傾向保皇主義，但隨著時間推移而改變，成為共和主義的積極推動者。
　　〈明天，天一亮〉是一首描述趕赴情人墳前悼念的詩。經過多日的旅程，只剩隔日就可以到墳前，因為心急，「明天天一亮動身，在天邊變白時候。」一路上一心一意只想快點到，因此「我不看落日彩霞，也不看海上風帆。」愛意真誠。
　　〈窮孩子〉是一首描述十九世界工業革命如火如荼進行時，貧窮兒童的不幸境遇。警告世人「天使塵世人玩弄，天堂深處雷霆動。」因為上帝「讓他們帶翅降生，卻發現襁褓哭聲！」

波特萊爾詩選（1首）

貓

嚴肅學者和戀愛中人，到了成熟季節都肯定，
溫柔健碩貓乃家中寶，像人們貓也選擇坐著。

愛情友伴和科學夥伴，尋找沉默和恐懼陰影；
地獄驅策當亡靈馬匹，如能馴服牠傲骨之身。

遐想中模仿高貴情操，如孤獨深處人面獅身，
永無止境牠沉睡的夢。

豐腴腰間有發光魔力，比任何沙子細的金塵，
牠們眼中有神秘花朵。

——波特萊爾（1821年—1867年）

波特萊爾（Charles Baudelaire）是法國詩人，象徵派詩歌之先驅，現代派之奠基者，散文詩的鼻祖。

〈貓〉是一首讚美貓的十四行詩。「地獄驅策當亡靈馬匹，如能馴服牠傲骨之身。」是倒裝句，讚美貓的一身神秘與傲骨；「遐想中模仿高貴情操，如孤獨深處人面獅身」把貓提升到「人面獅身」的崇高層次！「豐腴腰間有發光魔力，比任何沙子細的金塵，」也是倒裝句，讚美了如金塵閃閃發亮的毛髮，「牠們眼中有神秘花朵。」神來一筆！貓眼是貓最神祕之處。

蘇利・普魯東詩選（1首）

裂縫之瓶

馬鞭草垂死的花瓶，扇子碰了而有裂痕。
應該幾乎沒有碰到，因為沒有聽到聲音。

但這微不足道傷口，每天深入一點水晶。
不著痕跡確實爬行，慢慢四周圍著花瓶。

清澈水滴漸漸漏滲，花的汁液筋疲力盡。
仍然沒人一絲懷疑，它已破了千萬別碰！

我們喜歡的手無心，偶然輕觸傷了芳心。
然後心田有了裂痕，愛情之花日漸凋零。

世人眼中完好無損，花瓶知道雖細但深，
一邊成長一邊輕泣，它已破了千萬別碰！

——蘇利・普魯東（1839年—1907年）

蘇利·普魯東（Sully Prudhomme）是法國詩人，首屆諾貝爾文學獎獲得者。普魯東早年學習理科，後轉向文學。他獲得首屆諾貝爾文學獎頗有爭議。一般認為，當時的文學大師托爾斯泰、易卜生、左拉等人，都比他更有資格獲獎。但是諾貝爾本人對於現實主義文學的偏見，和對於理想主義的偏愛，使得普魯東獲獎。

　　〈裂縫之瓶〉是一首談愛情的哲理詩。藉由裂縫之瓶暗喻愛情不能有裂縫，否則「但這微不足道傷口，每天深入一點水晶。」接著「清澈水滴漸漸漏滲，花的汁液筋疲力盡。」這一切不過是當初「扇子碰了而有裂痕。應該幾乎沒有碰到，因為沒有聽到聲音。」感情也一樣，「我們喜歡的手無心，偶然輕觸傷了芳心。然後心田有了裂痕，愛情之花日漸凋零。」

保爾・魏爾倫詩選（1首）

屋頂上的天空

看屋頂上的天空，如此湛藍又冷靜。
看屋頂上的大樹，如手掌托住天空。

聽那天空的鳥鈴，叮噹著輕快樂音。
聽那樹上的鳥鳴，鳴唱著哀怨衷情。

生命在此享平靜，人間在此得和平。
你為什麼泣不停，只因青春永不回？

——保爾・魏爾倫（1844年—1896年）

　　保爾・魏爾倫（Paul Verlaine）是法國象徵派詩人。代表作有〈屋頂上的天空〉、〈秋歌〉、〈月光〉等。
　　〈屋頂上的天空〉是一首哀傷青春遠去的詩。前兩段鋪陳平靜的「屋頂上的天空」，第三段才是重點，當「生命在此享平靜，人間在此得和平。」的時候，「你為什麼泣不停，只因青春永不回？」

第三章 德國、奧地利詩歌選

歌德詩選（3首）

浪遊者的夜歌

你來自天堂上，療癒痛苦悲傷，
若有雙重悲慘，你給雙倍療養。
我厭倦了漂流！哪管痛苦慾望？
甜蜜平安來吧，來到我的胸膛！

《浮士德》神秘的和歌

一切我們過去的，不過是倒影。
一切我們失去的，在這裡改正。
一切無法形容的，在這裡解析。
永恆的女性，帶我們提升。

銀杏

生著此葉樹木，東方移進庭園；
給你秘密啓示，識者津津有味。

它是生命個體，體內一分爲二？
還是二合爲一，被看成了一體？

回答一個問題，也許找到答案：
在我這首詩中，我一人或一雙？

——歌德（1749年—1832年）

歌德（Johann Wolfgang von Goethe）是德國劇作家、詩人、科學家、文藝理論家和政治家，代表作有《浮士德》等。

　　〈浪遊者的夜歌〉是一首跟宗教有關的詩，「若有雙重悲慘，你給雙倍療養。」是佳句。

　　〈神秘的和歌〉是一首《浮士德》中的詩，前三句都以「一切」開頭，氣勢驚人。「永恆的女性，帶我們提升。」十分神祕。這四句綜合起來，給人莊嚴的感覺。

　　〈銀杏〉是一首藉由銀杏闡述哲理的詩。銀杏是落葉喬木，壽命可達3000年以上。被稱為植物界的「活化石」。銀杏原產於中國，現廣泛種植於全世界。末句「在我這首詩中，我一人或一雙？」人的身體與精神是一個或一雙？法國哲學家笛卡爾（西元1596年─1650年）提出「我思故我在」的哲學命題。兩者或有關聯。陶淵明的詩中有一組很奇特的詩「形影神三首」，這組詩可能是陶淵明的詩中最哲學、最難懂的詩。詩序「貴賤賢愚，莫不營營以惜生，斯甚惑焉；故極陳形影之苦，言神辨自然以釋之。好事君子，共取其心焉。」詩中的「形」指人乞求長生的願望，「影」指人求善立名的願望，「神」則居中以「自然」化解形、影的苦惱。如果從馬斯洛的需求理論來看，形、影分別是人類的低層次、高層次需求，或者是人類的本我、超我。歌德的〈銀杏〉或許有相似的涵義。

荷爾德林詩選（1首）

浮生的一半

懸掛的黃梨，岸邊野薔薇，
天光與山色，盡映在湖面。

高貴的天鵝，頭鑽進吻你，
你神聖冷靜，他渾然陶醉。

悲嘆冬降臨，哪裡採花朵，
哪裡尋陽光，和水中倒影？

四周的圍牆，冷酷而無言，
風信旗飄揚，風中瑟瑟響。

——荷爾德林（1770年—1843年）

荷爾德林（Friedrich Hölderlin）是德國浪漫主義詩人。他將古典希臘詩文移植到德語中。其作品在20世紀才被重視。代表作有〈浮生的一半〉、〈許貝利翁的命運之歌〉。

〈浮生的一半〉是一首描述天光、山色、湖面的詩，但也感嘆人生已過浮生的一半。前三段的描述了令人陶醉美景，到了第四段景色忽然變成「四周的圍牆，冷酷而無言，風信旗飄揚，風中瑟瑟響。」風信旗在「風中瑟瑟響」，暗喻人生經常艱難。

艾興多爾夫詩選（1首）

快樂旅人

當上帝眷顧某人，會讓他奔赴遠方，
讓他看神奇萬物，山河田野和森林。

讓懶骨頭家裡躺，不懂青春過一生，
從搖籃他們嘮叨，愛麵包無聊瑣事。

小溪山上頌春天，雲雀天上讚時光。
我們何不齊歡唱，從我們年輕丹田。

全能上帝人感謝，小溪雲雀和林野。
大地天堂待恩典，感謝他照亮我臉。

—— 艾興多爾夫（1788年—1857年）

　　艾興多爾夫（Joseph Freiherr von Eichendorff）是德國詩
人、小說家、浪漫主義作家。
　　〈快樂旅人〉是一首描述旅行之樂的詩。詩人指出旅行
是「上帝眷顧」。第二段「讓懶骨頭家裡躺，不懂青春過一
生，從搖籃他們嘮叨，愛麵包無聊瑣事。」是有趣的反面敘
述。

海涅詩選（3首）

一棵棕櫚

一棵松樹寂寞，在北方的高山；
披著白色毯子，在冰雪中沉睡。

夢見一棵棕櫚，遠在東方土地；
孤單只能沉默，在火沙中哭泣。

舊夢向我重回

舊夢向我重回：就在五月星空，
我倆菩提樹下，發誓永恆的愛。

不斷重申忠誠，我們談笑親吻。
讓我記住誓言，你咬了我手腕。

愛人眼睛安詳，愛人皓齒難忘。
誓言適合當時，咬一口是多餘。

乘著歌聲的翅膀

乘著歌聲的翅膀，親愛的共遊他鄉。
去到恆河的邊上，世界上最美地方。

在庭院紅花綻放，披著安詳的月光。
蓮花等待在水上，迷人姊妹花在旁。

紫羅蘭微笑耳語，仰望著滿天星辰。
悄悄告訴玫瑰花，童話的甜美芬芳。

虔誠明智的羚羊，跳著靠近來傾聽，
遠方聖河的蕩漾。

我們椰樹下倘佯，和平與愛情品嘗，
夢我們神聖夢想。

—— 海涅（1797年—1856年）

海涅（Christian Johann Heinrich Heine）是德國詩人、新聞工作者。海涅既是浪漫主義詩人，也是浪漫主義的超越者。代表作有〈乘著歌聲的翅膀〉。

〈一棵棕櫚〉是一首哲學詩。泰戈爾的詩更簡單：「鳥

兒願為雲；雲兒願為鳥。」後者略勝一籌。

　　〈舊夢向我重回〉是一首傷情之詩。記得當年「讓我記住誓言，你咬了我手腕。」然而「誓言適合當時，咬一口是多餘。」如今皆已過往，難追回。

　　〈乘著歌聲的翅膀〉原為海涅所作的一首具有東方神秘浪漫情調的詩，因孟德爾頌譜曲而廣為流傳。其旋律舒緩、溫柔、甜蜜，通常由女高音演唱。

尼采詩選（2首）

松與雷

我比萬獸人類高，我說話無人可應。
我究竟等待何物？我已太高太孤零。
我如今已近青雲，就等第一聲雷霆。

威尼斯

我曾佇立橋頭，在棕褐色夜裡。
遠方漂來歌聲，彷彿點點金光，灑在顫動水上。
遊艇燈火音樂，醉了醉了醉了，融入沉沉夜色。

我靈魂是把琴，無形手指撥弄；
船歌默默彈奏，聲聲震動心弦。
——有誰聽見？

——尼采（1844年—1900年）

尼采（Friedrich Nietzsche）是德國哲學家、詩人、作曲

家，他的著作對於宗教、道德、文化、哲學、以及科學等領域提出廣泛的批判和討論。尼采對於後代哲學的發展影響極大，尤其是存在主義與後現代主義。他的寫作風格獨特，經常使用格言和悖論的技巧。1889年尼采精神崩潰，從此再也沒有恢復。

〈松與雷〉是一首以孤松自喻的詩。整首詩的六句中的前五句都以「我」開頭，這種孤獨已然到頂。孤松竟然已經高到「我比萬獸人類高，我說話無人可應」，最終「就等第一聲雷霆」，讀來令人驚訝萬分，呈現一種孤傲的孤獨感。

〈威尼斯〉是一首描述威尼斯水上夜景的詩，並借景色抒發心境。前半段鋪陳了令人陶醉的美景，後半段「我靈魂是把琴，無形手指撥弄；船歌默默彈奏，聲聲震動心弦。──有誰聽見？」呈現一種和〈松與雷〉完全不同的寧靜的孤獨感。

第四章 俄國詩歌選

普希金詩選（3首）

小鳥

身居異鄉多年，祖國風俗守遵。
歡慶春天來臨，釋放一鳥天空。
我心安慰滿足，全能上帝感恩。
全少對一生靈，無價白由相贈。

假如生活欺騙了你

假如生活欺騙你，不憂鬱也不狂躁。
不順心時心克制，喜樂很快就來臨。
我們憧憬好未來，現今雖令人悲傷。
憂傷都轉眼即逝，逝去一切變寶珍。

我曾經愛過你

我曾經愛過你，也許直到今日。
一段時間之內，此情仍難斬斷。

但願不再打擾，你能不再憂傷。

我曾經深愛你，並知毫無指望。

忌妒羞怯的愛，終究徒勞一場。

我曾那樣愛你，如此溫柔真誠。

祈願上帝保佑，你能再次獲得。

——普希金（1799年—1837年）

普希金（Alexander Pushkin）是俄國詩人、劇作家、小說家、歷史學家、政論家。俄國浪漫主義的傑出代表，俄國現實主義文學的奠基人，是十九世紀前期文學領域中最具聲望的人物之一，被尊稱為「俄國詩歌的太陽」、「俄國文學之父」、「現代標準俄語的創始人」。代表作有詩歌〈致克恩〉、〈致大海〉、〈我曾經愛過你〉、〈假如生活欺騙了你〉等。

〈小鳥〉是一首描述流亡期間心繫祖國的詩。祖國、風俗、釋放、小鳥、自由組成了這首小詩。詩人與祖國之間存在一條難以切割的文化臍帶。

〈假如生活欺騙了你〉是一首闡述人生哲學的詩。詩人以「憂傷都轉眼即逝，逝去一切變寶珍。」鼓勵自己與讀者。

〈我曾經愛過你〉是一首情詩。詩人感嘆「忌妒羞怯的愛，終究徒勞一場。」但「我曾那樣愛你，如此溫柔真誠。祈願上帝保佑，你能再次獲得。」展現了他的愛不是佔有的愛，而是真愛。

萊蒙托夫詩選（2首）

帆

孤帆白光閃，大海青霧航。
異鄉何所尋，故鄉何所去。

浪高風聲淒，桅杆彎腰嘆。
既非尋幸福，亦非去逃避。

帆下藍水流，帆上金陽光。
叛逆喚風暴，風中尋平安。

雲

永恆流浪天上雲，時如珍珠時草場；
北方匆匆奔南國，放逐囚徒我一樣。

受人逼迫命注定？秘密嫉妒公誹謗？
心中內疚眞折磨？抑或朋友實中傷？

荒涼田野令你倦，狂熱惆悵非我嚮；
寧愛平靜自由翔，心無祖國怎逐放。

——萊蒙托夫（1814年—1841年）

萊蒙托夫（Mikhail Lermontov）是俄國作家、詩人。被視為普希金的後繼者。代表作有詩歌〈帆〉、〈雲〉、〈祖國〉等。

〈帆〉是一首詩人藉著船帆自述流亡心境的詩。三段詩都是實虛呼應，上半段寫船帆（實），下半段寫心境（虛）。流亡「既非尋幸福，亦非去逃避。」而是「叛逆喚風暴，風中尋平安。」

〈雲〉是一首詩人藉著「流浪天上雲」自述流亡心境的詩。第一段描述詩人跟「流浪天上雲」一樣「北方匆匆奔南國」。第二段提出自己被迫流亡的四個可能的原因。第三段提出自己的辯護，「狂熱惆悵非我嚮；寧愛平靜自由翔」，最後指出「心無祖國怎逐放。」內心沒有祖國，怎會有被放逐的感覺呢？

第五章 歐洲詩歌選

安徒生詩選（1首）

茅屋

矗立浪花海岸，有間孤獨茅屋。
一望浩瀚無邊，中間沒有一樹。

這裡只有天空，大海還有懸崖。
但是因為有愛，就有最人幸福。

茅屋沒有金銀，只有親愛的人。
他們彼此相愛，不知情有多深。

又破又舊茅屋，矗立海岸孤獨。
但是因為有愛，就有最大幸福。

——安徒生（1805年—1875年）

　　安徒生（Hans Christian Andersen）是丹麥作家、詩人，以童話作品聞名於世，其童話常包含深刻的哲理。代表作有《賣火柴的小女孩》、《醜小鴨》、《國王的新衣》等。
　　〈茅屋〉是一首以「茅屋」闡述幸福真意的詩。第二、四段的結尾都是「但是因為有愛，就有最大幸福。」這就是幸福的真意。

山多爾詩選（3首）

自由與愛情

自由愛情，兩者皆愛。
為了愛情，願拋性命。
為了自由，願棄愛情。

穀子成熟了

穀子成熟了，天天都很熱；
明天一大早，我就去收割。

愛也成熟了，我心滿熱情；
但願愛人你，是那收割人。

你喜歡春天

你喜歡春天，我喜歡秋天；
我就像秋天，而你像春天。

春天的玫瑰，你粉紅的臉；
秋天的夕陽，我疲憊的眼。

我向前一步，雖是一點點；
我就會站在，寒冷的冬天。

我後退一點，你向前一點；
啊我們相會，熱情的夏天。

——裴多菲·山多爾（1823年—1849年）

　　裴多菲·山多爾（Sandor Petofi）是匈牙利愛國詩人、革命英雄，被認為是匈牙利民族文學的奠基人，1848年匈牙利革命的重要人物之一。同時他還是匈牙利著名的愛國歌曲〈民族之歌〉的作者。代表作有詩歌〈自由與愛情〉〈我願是急流〉〈穀子成熟了〉等。

　　〈自由與愛情〉是根據英文版如實翻譯：

Liberty and love These two I must have.
For my love I'll sacrifice My life.
For liberty I'll sacrifice My love.

這首詩的常見中譯版為：

生命誠可貴，
愛情價更高。
若爲自由故，
兩者皆可拋。

　　這個翻譯跳脫了直譯，可謂神翻譯，兼具信雅達，難以
超越。
　　〈穀子成熟了〉是一首情詩，以「穀子成熟了」比喻
「愛情成熟了」。第一段描述自己要去收割穀子，第二段對
稱引出「愛也成熟了，我心滿熱情；但願愛人你，是那收割
人」，換成期待愛人來收割自己心中的愛情，十分有趣。
　　〈你喜歡春天〉是一首情詩，以「你喜歡春天，我喜歡
秋天；我就像秋天，而你像春天。」開頭。這不是擬人化的
寫法，反而是把人擬物（季節）化的寫法。春天與秋天原本
是不相接的，但只要「我後退一點，你向前一點；啊我們相
會，熱情的夏天。」是很有趣的結尾。

第六章 美國詩歌選

朗費羅詩選（1首）

箭與歌

向天射支箭，不知落何處；
飛馳如此速，明目難追逐。

向天唱首歌，不知逝何處；
旋律八方飛，聰耳難跟隨。

不知多少年，一棵老樹上，
發現那支箭，首尾好如初。

不知多少年，一位老友上，
發現那首歌，始終在心田。

—— 朗費羅（1807年—1882年）

朗費羅（Henry Wadsworth Longfellow）是美國詩人、翻譯家。他主張民主主義和人道主義，歌頌愛國精神，反對蓄奴制，同情印第安人，也對社會流弊提出一些批評。代表作有〈箭與歌〉〈人生頌〉等。

〈箭與歌〉是一首以「箭」與「歌」比喻友情的詩。第一段以「向天射支箭，不知落何處」開頭，第二段以「向天唱首歌，不知逝何處」開頭，最後第三與第四段都以「不知多少年」開頭，發現箭到了老樹上，歌還在老友心，老友並沒忘記友誼。

艾蜜莉·狄更生詩選（4首）

造就一片草原

造就一片草原，需要一隻蜜蜂和一棵酢漿草。
一隻蜜蜂和一棵酢漿草，加上夢想更好。
只有夢想也夠，如果蜜蜂很少。

天堂多遠？

天堂多遠？死亡同遠，
翻山越嶺，遍尋不見。

地獄多遠？死亡同遠，
墓門距手，何需尺量。

我沒時間去怨恨

我沒時間去怨恨，因為墳墓會阻攔。
何況生命不寬裕，完成敵意不足夠。

我也沒時間去愛，但總要有點事作。
愛需要小小辛勞，我想就已經足夠。

別有天地

總有另一個天空，安詳美麗又晴朗，
總有另一種陽光，即使那裡有黑暗；
奧斯汀，
莫介意森林凋零，莫介意田野寂靜 ——
這裡有小片森林，葉子長青；
這裡有明亮花園，從無霜冰；
看永不凋謝花朵，聽聰明蜜蜂嗡鳴：
我的兄弟，
來到我的花園吧！

—— 艾蜜莉‧狄更生（1830年—1886年）

　　艾蜜莉‧狄更生（Emily Dickinson）是美國詩人，是一位獨居小鎮的上流社會的未婚女子。她的詩作充滿靈性和智慧，結構精巧，深入心靈。她的很多詩作都以死亡為主題，並帶有揶揄的意味。19世紀下半期美國的詩歌處於過渡階

段，她一反浮誇的浪漫主義詩風，以自由的韻律、奇特的對比和自由的聯想，打開了通向美國現代主義詩歌的道路。她生前只發表過10首詩，死後近70年開始得到文學界的認真關注，被現代主義詩人追認為先驅。

〈造就一片草原〉是一首很有大自然氣息的詩。這首詩先說「造就一片草原，需要一隻蜜蜂和一棵酢漿草。」這已經很夢幻了，「加上夢想更好」就更夢幻了，最後「只有夢想也夠，如果蜜蜂很少。」更是絕妙之句，讓人感受到想像力可以創造時空（一片草原）。此詩原文十分精巧：

To make a prairie it takes a clover and one bee,
One clover, and a bee.
And revery.
The revery alone will do,
If bees are few.
（clover為酢漿草，revery為夢想）

〈天堂多遠〉是一首表達詩人對生命的看法的詩。全詩二段，每段四句，第二句都是「死亡同遠」。第一段以天堂「翻山越嶺，遍尋不見」暗喻死亡很遠。但第二段拉回現實，以「墓門距手，何需尺量」暗喻死亡很近。生命充滿了矛盾，引人深思。此詩原文如下：

How far is it to Heaven?
As far as Death this way—
Of River or of Ridge beyond

Was no discovery.

How far is it to Hell?
As far as Death this way—
How far left hand the Sepulchre
Defies Topography.
（Sepulchre為墳墓，Topography為測繪學）

　　〈我沒時間去怨恨〉是一首談愛與恨的哲理詩。第一段
談「恨」，「何況生命不寬裕，完成敵意不足夠。」第二段
談「愛」，「愛需要小小辛勞，我想就已經足夠。」
　　〈別有天地〉是一首表達詩人對生命的看法的詩。詩中
花園是指林間墓園。「總有另一個天空，安詳美麗又晴朗」
說的是「陽間」；「總有另一種陽光，即使那裡有黑暗」講
的是「陰間」。陽間會「森林凋零」「田野寂靜」，但墓園
上的石雕上面「有小片森林，葉子長青」「有明亮花園，從
無霜冰」「永不凋謝花朵」「聰明蜜蜂嗡鳴」，顯示詩人對
生命的豁達。

第七章 拉丁美洲詩歌選

何塞・馬蒂詩選（1首）

我是一個真誠的男人

我是一個真誠的男人，來自棕櫚生長的土地。
在我命盡之前我想要，把我靈魂的詩歌高唱。

我是去過各處的旅人，沒甚麼地方我會陌生。
我是個藝術中的藝術，我與山川是一體不分。

我知道如何稱呼分類，所有生長的奇花異木。
我知道每片如刀草葉，致命謊言和崇高禍患。

我已經看透看遍黑夜，在我的頭上輕輕流動，
最純光線組成一道光，來自美麗無瑕的天堂。

　　　　　　　　——何塞・馬蒂（1853年—1895年）

何塞‧馬蒂（Jose Marti）是古巴民族英雄、獨立戰爭領袖、詩人。代表作有〈我是一個誠實的人〉、〈關達美娜的少女〉等。

〈我是一個真誠的男人〉全詩分四段，每段四句。每一段的後二句才是精華。「在我命盡之前我想要，把我靈魂的詩歌高唱。」把詩歌放在最崇高的位置。「我是個藝術中的藝術，我與山川是一體不分。」崇尚自然的藝術觀。「我知道每片如刀草葉，致命謊言和崇高禍患。」對人間的關注種下革命的種子。「最純光線組成一道光，來自美麗無瑕的天堂。」革命的崇高理想引導生命前進。

良寬詩選（1首）

夜曲

夜晚寂靜夜色悲傷，爲何靈魂如此顫動？
我聽見血液正奔騰，柔和風暴掠過腦海。

失了眠但仍能做夢，我是精神解剖樣本，
沖淡悲傷夜晚的酒，黑暗奇妙的水晶杯。

自問黎明何時降臨？時鐘已經敲了三下，
有人關門有人走過，如果是她那該多好！

——魯文·達里奧（筆名）（1867年—1916年）

魯文·達里奧（Rubén Darío）是尼加拉瓜詩人，開創了西班牙語文學中的現代主義，將原本以模仿歐洲文學為主的拉丁美洲文學改變成有自己的風格。

〈夜曲〉是一首情詩。或許此刻詩人正在午夜的旅館或宿舍因失戀而失眠，感官也靈敏了起來，「我聽見血液正奔騰，柔和風暴掠過腦海」。但也只能「沖淡悲傷夜晚的酒，黑暗奇妙的水晶杯」對著水晶般的黑夜獨自一人喝悶酒。「自問黎明何時降臨？時鐘已經敲了三下」天都快亮了，偶爾聽到「有人關門有人走過，如果是她那該多好！」心裡還是時時刻刻幻想著愛人來敲門，是全詩最有趣的詩句。

第八章 日本詩歌選

良寬詩選（5首）

題峨眉山下橋椿（漢詩）

不知落成何年代，書法遒美且清新。
分明峨眉山下橋，流寄日本宮川濱。

花無心招蝶（漢詩）

花無心招蝶，蝶無心尋花。
花開蝶自來，蝶來花已開。
我亦不知人，人亦不知我。
人我互不知，相偕從帝則。

生涯懶立身（漢詩）

生涯懶立身，騰騰任天眞。
囊中三升米，爐邊一束薪。
誰問迷悟跡，何知名利塵。
夜雨草庵裡，雙腳等閒伸。

家有貓與鼠（漢詩）

家有貓與鼠，總是一蒙皮。
貓飽白晝眠，鼠饑玄夜之。
貓兒有何能，覬生屢中機。
鼠子有何失，穿器也太非。
器穿而可補，逝者不復歸。
若問罪輕重，秤可傾貓兒。

我見世間人

我見世間人，為求富貴憂。終生不滿足，日夜勞苦求。
天堂一歡樂，地獄十煎熬。僥倖得所望，還能享多久？
身如磨刀石，精神日消磨。好比山中猴，欲撈水月球，
奮不顧其身，身溺漩渦流。浮世人間苦，常是自招留。
整夜憂其憂，難忍涕泗流。

——良寬（1758年—1831年）

良寬（Taigu Ryokan）是江戶時代禪門曹洞宗僧人，詩歌、書法著稱，詩歌常讚頌自然之美。

〈題峨眉山下橋椿〉是一首紀念詩。1825年夏，中國峨眉山山洪暴發，有座木橋被沖毀，其中一根橋椿流入四川岷江。最後竟漂流了萬里，來到了日本。這根木椿被良寬拾起，他看到上有漢字「峨眉山下橋」，知道是來自佛教聖地峨眉山，便視為寶物珍藏，並在上面題此詩。

〈花無心招蝶〉是一首哲理詩。「花無心招蝶，蝶無心尋花。花開蝶自來，蝶來花已開。」其中一句「花開蝶自來」是很有正面思考的詩句。

〈生涯懶立身〉是一首自述與世無爭一生的一首漢詩。「囊中三升米，爐邊一束薪。」詩人知足常樂；「夜雨草庵裡，雙腳等閒伸。」詩人悠閒自在。

〈家有貓與鼠〉是一首藉由貓與鼠闡述生命哲理的詩。「鼠子有何失，穿器也太非」老鼠咬壞東西有何大罪呢？「器穿而可補，逝者不復歸」東西壞了可以修補，生命逝去永遠無法彌補。

〈我見世間人〉是一首描述人生哲學的詩。「天堂一歡樂，地獄十煎熬。僥倖得所望，還能享多久？」世人常為了歡樂一天，煎熬十日，這是何苦呢？這跟「好比山中猴，欲撈水月球，奮不顧其身，身溺漩渦流。」一樣愚蠢。最後總結「浮世人間苦，常是自招留。」。附記：「身如磨刀石，精神日消磨。好比山中猴，欲撈水月球」，乃友建議改之。

小林一茶俳句選（9首）

杜鵑

杜鵑鳴叫，
對我？
對山？

人生

人生在世，
步履地獄屋瓦，
凝視鮮花。

露水

一滴露水，
一個世界，
正是如此。

蜘蛛

別擔心，蜘蛛，
我打掃房子，
很隨便。

瞌睡

正午打瞌睡，
農夫哼歌聲，
吾心感慚愧。

積雪

春意溫和，
竹林還有積雪，
還有積雪。

蒼蠅

看，不要殺那隻蒼蠅！
牠正摩擦手腳，
向你乞求。

遊蕩

今天是這樣，
像孑孓遊遊蕩蕩，
明天也這樣。

銀河

我這顆星，
何處寄宿啊？
銀河。

——小林一茶（1763年—1827年）

小林一茶（Kobayashi Issa）是江戶時代俳句詩人。

〈杜鵑〉是一首哲理詩。「杜鵑鳴叫，對我？對山？」詩人已到了人、山一體的境界。

〈人生〉的第二、三句以強烈的對比描述生命的脆弱與無窮的希望，堪稱絕句。

〈露水〉這首詩與英國詩人威廉‧布萊克（William Blake）的「一砂一世界，一花一天堂」異曲同工，但後者略勝一籌。

〈銀河〉中「我這顆星，何處寄宿啊？銀河。」詩人感嘆，銀河無垠，不會容不下一顆孤星懸掛；人間至人，怎麼就容不下我一人寄宿？

正岡子規俳句、詩選（5首）

小草

小院小草生嫩芽，
無限天地，
轉眼將綠。

深紅梅花

深紅梅花，
散落在床的
寂寞上。

春雨與渡船

渡口春雨忽至，
船上傘，
高高低低。

秋空

秋空高無比，
鴻雁飛得
如此低。

十年負笈（漢詩）

十年負笈帝王城，紫陌紅塵寄此生。
筆硯親來既羸瘦，田園蕪盡未歸耕。
曖窗捫虱坐花影，寒褥枕書臥雨聲。
獨喜功名不爲累，詩天酒地一心清。

—— 正岡子規（1867年—1902年）

　　正岡子規（Masaoka Shiki）是明治時期文學家，俳句、
短歌、新體詩、小說、評論、隨筆都有創作。
　　〈小草〉是一首哲理詩。詩人從「小院小草生嫩芽」推
論出「無限天地，轉眼將綠。」因爲萬物自有規律，因此才
能由小知大。
　　〈秋空〉是一首哲理詩。正是因爲「秋空高無比」才會
顯得「鴻雁飛得／如此低」。
　　〈十年負笈〉是一首自述詩。「捫虱而談」是句成語，

意思是一面用手捉虱子，一面談話。形容不拘細節，隨便談話。蘇軾曾有題為「花影」的詩「重重疊疊上瑤臺，幾度呼童掃不開。剛被太陽收拾去，卻教明月送將來。」亭臺上的花影一層又一層，幾次叫童兒去打掃，可是花影怎麼掃走呢？「獨喜功名不為累，詩天酒地一心清」是詩人的自述總結。

夏目漱石俳句、詩選（3首）

燈火一滅

燈火一滅，
寒星進入
窗框。

春日偶成 （漢詩）

竹密能通水，花高不隱春。
風光誰是主，好日屬詩人。

自嘲書 （漢詩）

白眼廿朝與世疏，狂愚亦懶買嘉譽。
爲譏時輩背時運，欲罵古人對古書。
才似老駘駑且呆，識如秋蜋薄兼虛。
唯贏一片煙霞癖，品水評山臥草廬。

—— 夏目漱石（1867年—1916年）

夏目漱石（Natsume Sōseki）是明治至大正時期作家、時事評論家。

　　〈燈火一滅〉是一首很生動的哲理詩。窗外早有寒星，看不到是因為室內燈火太亮。因此，室內燈火一滅，「寒星進入窗框。」人生不也是一樣？

　　〈春日偶成〉是一首由景感懷的詩。竹林再密也能通雨水，花枝再高也不能擋住春天。誰是風光的主人呢？就是懂得欣賞風光的詩人。

　　〈自嘲書〉是一首自述詩。「白眼廿朝與世疏，狂愚亦懶買嘉譽。」自嘲自己白目，不通世俗。「為譏時輩背時運，欲罵古人對古書。」想譏諷時輩，擔心會時運不濟；欲罵古人，卻整天得看古書。「才似老駘駑且呆，識如秋蟬薄兼虛。」才幹跟老馬一樣癡呆，見識跟蟬翼一樣淺薄。「唯贏一片煙霞癖，品水評山臥草廬。」自嘲只有遊山玩水勝人一籌。

石川啄木詩選

《一握之砂》（選譯3首）

1
一夜狂風吹，
聚成此砂堆，
何人孤墳向天涯？

2
躺在砂丘上，
這一天我回憶遙遠
初戀的痛苦。

3
沒有生命的砂粒，可悲啊！
用手一握，
紛紛落地。

海鷗（選第1段）

海藻清幽染一身，砂丘陽光自逍遙。

多麼從容天地鷗，明亮羽翼破浪濤。

忽撲浪花尋覓食，忽近我旁暫歇腳。

我曾張臂放聲嘯，白鷗不飛不驚叫。

濕潤砂灘闊步行，迎向滾滾白浪潮。

　　　　　　── 石川啄木（1886年─1912年）

　　石川啄木（Takuboku Ishikawa）是日本明治時代詩人、小說家、評論家。

　　《一握之砂》是以砂比喻人，充滿了詩人對人生感嘆的一本詩集，在此只選譯其中三首。「用手一握，紛紛落地」一把乾砂越是用力握，流失得越快，是詩人對人生最沉重的感嘆。

　　〈海鷗〉詩人藉由海鷗做了人生的自述。前五句描述了逍遙從容天地的海鷗，接著「忽近我旁暫歇腳。我曾張臂放聲嘯，白鷗不飛不驚叫。」詩人與海鷗有了連結，最後「濕潤砂灘闊步行，迎向滾滾白浪潮。」自己也要像海鷗一樣，勇敢向前邁進。這首詩由靜而動，在最後一句達到高潮。

第九章 東亞詩歌選

金笠詩選（3首）

錢（漢詩）

周遊天下皆歡迎，興國興家勢不輕。
去復還來來復去，生能死捨死能生。

還甲宴（漢詩）

彼坐老人不似人，疑是天上降真仙。
其中七子皆為盜，偷得碧桃獻壽筵。

詠笠（漢詩）

浮浮我笠等虛舟，一著平安四十秋。
牧豎行裝隨野犢，漁翁本色伴沙鷗。
醉來脫掛看花樹，興到攜登玩月樓。
俗子衣冠皆外飾，滿天風雨獨無愁。

——金笠（1807年—1863年）

金笠（Kim Pyongyon）是朝鮮王朝末期諷刺詩人。他22歲的時候，決定終身不仕，頭戴斗笠流浪天涯，因此得了「金笠」這個稱號，被稱為「斗笠詩人」。

　　〈錢〉是一諷刺詩。全詩不提「錢」字，但謎底就是「錢」。

　　〈還甲宴〉是一首幽默的祝壽詩。第一、三句像是罵人話，第二、四句卻能反轉成祝壽語。

　　〈詠笠〉是一首詩人頭戴斗笠流浪天涯的自述詩。雖然常遇「滿天風雨」但內心無憂無愁。

阮攸詩選（2首）

金雲翹傳（節譯）

人生不滿百，才命作弄人。
人事滄桑變，觸目傷心田。
富貴或貧賤，殊途多天定。
蒼天妒紅顏，此事亦尋常。

桂林瞿閣部（漢詩）

中原大勢已頹唐，竭力孤城控一方。
終日死中心不動，千秋地下髮猶長。
殘明廟社多秋草，全越山河盡夕陽。
共道中華尚節義，如何香火太淒涼。

——阮攸（1766年—1820年）

　　阮攸（Nguyễn Du）是越南後黎朝末期至阮朝初期文學
家。
　　〈金雲翹傳〉是阮攸根據中國明末清初「青心才人」原
著小說《金雲翹》，用越南民族文字「喃字」寫成的3254行

的敍事詩。故事主軸是描寫一位奇女子的非凡一生。上面八句節譯自〈金雲翹傳〉中最為一般越南人熟悉的片段。

　　〈桂林瞿閣部〉是一首悼念詩。瞿閣部即瞿式耜（1590—1651），明末廣西巡撫。1646年，擁立桂王稱帝抗清，後兵敗殉國。

胡春香詩選（3首）

扇（漢詩）

十七十八正當時，使我深愛手不離。
厚薄這般撐三角，寬窄如此插一枝。
熱越薰人越涼透，夜愛不夠晝也迷。
有緣爲恃紅粉頰，帝藏君愛這東西。

妾婦吟（漢詩）

人蓋棉被人寒苦，共夫劫數千刀誅。
五奏十合偶同帳，一月幾回有亦無。
強吞糯飯飯饅臭，但做幫工工無酬。
早知妾身賤如此，寧守空房似當初。

無夫懷子（漢詩）

只因遷就成遺憾，此情此景郎知否。
天緣未曾見冒頭，柳分卻已生橫枝。
百年之罪皆郎兜，千恩萬情妾身受。

世間貞言耳邊風，無而生有巧名聲。

—— 胡春香（1772年—1822年）

　　胡春香（Ho Xuan Huong）是越南女詩人。擅寫漢詩與喃字詩，被譽為越南最偉大的詩人之一。她的詩在內容和思想上歷來引起不少爭議，卻在形式和藝術技巧上有驚人成就。

　　〈扇〉是一首詠物詩，但也有人認為是一首情色詩。或許心中有佛，所見萬物皆是佛；心中是牛糞，所見皆牛糞。

　　〈妾婦吟〉是一首反抗一夫多妻制的詩。詩中談到許多為妾的悲慘生活。詩中「共夫劫數千刀誅」可見恨意有多強。

　　〈無夫懷子〉是一首反對傳統禮俗的詩。「天緣未曾見冒頭」其中「天」字冒頭就成了「夫」字；「柳分卻已生橫枝」其中「柳」字在越南音同「了」字，生橫枝就成了「子」字。暗喻「無夫懷子」。

阮勸詩選（3首）

客至

老來歸田園，兒孫遠市墟。
池深釣大魚，籬破苦追雞。
田園無瓜果，青黃不接季。
老友來寒舍，開心聊天地。

自壽

今壽已有七十四，身體四肢尚健康。
樂時美酒三杯少，悲時風騷七步多。
老友同科人事非，十之八九今不在。
但願延壽三五載，得見世局天機開。

聾啞人

吾知有人裝耳聾，尋常人等哪裡懂。
常有癡傻狂表情，被認天生真愚鈍。
誰知只在工作聲，那種耳聾我願擁。

人中永遠板臉孔，到了晚上耳順風。

漫步花園前後院，嚼著檳榔抽煙斗。
三杯好茶細啜飲，五首好詩慢吟詠。

耳朵很好瞬失聰，誰不願成那樣聾？
那樣裝聾不輕鬆，故意問他裝不懂。

　　　　　　　──阮勸（1835年─1909年）

　　阮勸（Nguyễn Khuyến）是越南阮朝官員，三元及第。
　　〈客至〉是一首描述歸隱生活的詩，也是詩人心境的寫照。不但「老來歸田園」，還要「兒孫遠市墟」。
　　〈自壽〉是一首替自己祝壽的詩。詩中用了很多數字。「樂時美酒三杯少，悲時風騷七步多。」是有趣的對句。「但願延壽三五載，得見世局天機開。」雖然年紀已經很大，還是關心國運。
　　〈聾啞人〉是一首幽默的諷刺詩，或自嘲詩？「三杯好茶細啜飲，五首好詩慢吟詠。」可見詩中主人其實是風雅之人。為何裝聾呢？或許明哲保身？

吳邦雅詩選（1首）

賣水郎

鱷魚背多土，田螺內少肉。
腰間繫一布，隔日食一餐，
每日水充飢，人間最窮苦。

化緣遇窮漢，講遍佛劫數，
即使口舌斷，倒斃立成佛，
一碗白米飯，亦難供佛桌。

——吳邦雅（1812年—1866年）

　　吳邦雅（U Pon Nya）是緬甸戲劇作家，也是緬甸最偉大的文學家之一，以優雅機智和清新的語言聞名。
　　〈賣水郎〉是一首描述民間生活艱困的詩。雖然在講人民慘狀，卻用幽默口吻如「鱷魚背多土，田螺內少肉。」、「即使口舌斷，倒斃立成佛，一碗白米飯，亦難供佛桌。」1752年—1885年，貢榜王朝統治緬甸。1824年—1826年，第一次英緬戰爭，英國獲勝。1852年，第二次英緬戰爭，英軍進一步佔領緬甸其他區域。這段期間緬甸人民生活艱苦。

第五篇 黃金時代不能留

現代後期（西元 1915 年到 1971 年）

第一章 歐洲詩歌選

葉慈詩選（2首）

但願天堂錦衣

天堂金絲繡，夜晚深藍絨，
白日淡銀綢，皆願鋪汝踵。
只能鋪吾夢，剩夢因貧窮。
請你輕輕踩，因你踩吾夢。

當你老了

當你老了白髮蒼蒼，睡意倦容爐邊想睡，
請讀此詩慢慢吟誦，憶溫柔顏想深情眼。

人們愛你美好時刻，愛你美麗虛情假意，
唯獨一人向你朝聖，愛你憂傷皺紋容顏。

當你彎腰灼熱爐邊，感傷傾訴愛難再現，
如今他已漫步山巔，隱藏其臉滿天星間。

——威廉·葉慈（1865年—1939年）

威廉‧葉慈（William Butler Yeats）是愛爾蘭詩人、劇作家、神秘主義者、1923年諾貝爾文學獎得主。也是愛爾蘭凱爾特復興運動的領袖。早年的創作仍然具有浪漫主義的華麗風格，善於營造夢幻般的氛圍。然而進入不惑之年後，在現代主義詩人龐德等人的影響下，尤其是在參與愛爾蘭民族主義政治運動的切身經驗影響下，創作風格發生了激烈的變化，更加趨近現代主義。代表作有〈航向拜占庭〉、〈基督重臨〉、〈當你老了〉、〈茵夢湖島〉、〈棕色便士〉等。

　　〈但願天堂錦衣〉是一首情詩，先說願把最好的絲綢鋪在愛人腳下，但「只能鋪吾夢，剩夢因貧窮」，所以「請你輕輕踩，因你踩吾夢」。原詩如下：

Had I the heavens' embroidered cloths,
Enwrought with golden and silver light,
The blue and the dim and the dark cloths
Of night and light and the half-light,
I would spread the cloths under your feet:
But I, being poor, have only my dreams;
I have spread my dreams under your feet;
Tread softly because you tread on my dreams.

　　〈當你老了〉這首詩展現了對過去愛人的懷念，其中「人們愛你美好時刻，愛你美麗虛情假意，唯獨一人向你朝聖，愛你憂傷皺紋容顏。」寫得愛意真誠，特別是「朝聖」二字。原詩如下：

When you are old and grey and full of sleep,

And nodding by the fire, take down this book,
And slowly read, and dream of the soft look
Your eyes had once, and of their shadows deep;

How many loved your moments of glad grace,
And loved your beauty with love false or true,
But one man loved the pilgrim soul in you,
And loved the sorrows of your changing face;

And bending down beside the glowing bars,
Murmur, a little sadly, how Love fled
And paced upon the mountains overhead
And hid his face amid a crowd of stars.

　　法國詩人比埃爾・德・龍沙（1524年—1585年）曾創作一首相似主題的詩（本書收錄在102頁），讀者不妨比較看看。

大衛・勞倫斯詩選（1首）

綠

黎明彩繪蘋果綠，
天空陽光綠醇釀，
月亮一片金花瓣。

睜開眼睛閃綠光，
清新勝過苞未放，
這是首次現世上。

———大衛・勞倫斯（1885年—1930年）

　　大衛・勞倫斯（David Lawrence）是英國作家，20世紀英語文學中最重要的人物之一，也是最具爭議性的作家之一。主要成就包括小說、詩歌、戲劇、散文、遊記和書信。
　　〈綠〉這首詩展現了詩人對少女成長成女人的讚美。綠色象徵著女性最初的純真和天真。第一段詩人從天空傳達了少女天真的視角：黎明是「蘋果綠」，天空是陽光下的「綠醇釀」，月亮是「金花瓣」。大自然通過綠色鏡片獲得奇妙、夢幻般的印象。在第二段中，女人睜開她的眼睛，變得「清新勝過苞未放，這是首次現世上。」換句話說，她長大成女人了。這首詩原文如下：

The dawn was apple-green,
The sky was green wine held up in the sun,
The moon was a golden petal between.

She opened her eyes, and green
They shone, clear like flowers undone
For the first time, now for the first time seen.

西格里夫 · 薩松詩選（1首）

戰壕中的自殺

我認識一單純的小兵，總能微笑幹無聊的活。
孤獨黑夜也睡得穩妥，一早又同雲雀比歌喉。

冬天壕溝廝殺身顫抖，炮火屍蛆圍困酒不夠。
某日對腦袋把扳機扣，從此再沒人把他提過。

你們眼睛閃亮又得意，歡呼士兵遊行的群眾，
躲回家祈禱永遠不懂：青春被送進地獄幾重！

——西格里夫 · 薩松（1886年—1967年）

西格里夫 · 薩松（Siegfried Sassoon）是英國詩人、小說家。以反戰詩歌和小說體自傳而著名。第一次世界大戰時在軍中服役，期間寫有尖刻的反戰諷刺詩作，代表作有〈戰壕中的自殺〉等。

〈戰壕中的自殺〉是一首反戰詩，敘述一名小兵受戰火蹂躪，精神崩潰而自殺。這首詩分三段，首段先正面描述小兵是一位正常樂觀的人，次段描述戰場的恐怖與小兵自殺的始末，「從此再沒人把他提過」是沉痛的反諷人命在戰場一文不值。末段「你們眼睛閃亮又得意，歡呼士兵遊行的群眾」對照前段形成強烈反差，襯托群眾的無知；「躲回家祈禱永遠不懂：青春被送進地獄幾重」更是一種憤怒。

T・S・艾略特詩選（1首）

晨窗

暗室廚房餐盤響，長街路邊踐踏聲。
但見女僕濕靈魂，大門沮喪竟發芽。
褐色霧浪折騰人，街底臉孔扭曲深。
泥裙路人珠淚流，天空盤旋笑容沉。
東飄西泊棲無處，屋頂天際消無蹤。

——T・S・艾略特（1888年—1965年）

　　T・S・艾略特（Thomas Stearns Eliot）是美國、英國詩人、評論家、劇作家。是現代英美詩歌開創一代詩風的先驅，對二十世紀的文學影響深遠。雖然艾略特出生在美國，並在哈佛畢業，但他青年時期移居歐洲，並於1927年加入英國籍，因此後人常把他歸屬英國詩人。他在60歲時（1948年）獲得了諾貝爾文學獎。艾略特的詩歌和龐德的詩歌一樣晦澀難懂，融入了許多象徵性的元素。在其代表作《荒原》（1921年）中，詩人通過描寫一系列支離破碎、氣氛恐怖的圖景，表現第一次世界大戰後充滿敵視和偏見的社會。

　　〈晨窗〉中是甚麼「天空盤旋笑容沉」、「東飄西泊棲無處」？工業革命引起的空氣汙染？這首詩寫於1914年，也就是第一次世界大戰爆發幾個月後。它描繪了當他望向窗外，觀察街道時，感受到的印象。艾略特以這首詩傳達現代城市的印象，對象很可能是倫敦。這是一首描繪貧民窟的人們過著悲慘生活的意象詩。

阿波利奈爾詩選（1首）

萊茵河之夜

我的杯子火焰溢出。

聽船夫的悠揚歌聲，敘說月下七個女人。
梳弄秀麗紫色長髮，長長秀髮竟達腳下。

站起圍著唱歌跳舞，我再也聽不到船歌。
金髮女孩靠近我來，我眼凝視美麗長辮。

萊茵河已釀成美酒，多少夜晚金影河中。
雖然嘶啞聲音猶存，仙女唱著夏天的歌。

我的杯子笑聲碎了。

——阿波利奈爾（1880年—1918年）

　　阿波利奈爾（Guillaume Apollinaire）是法國詩人、劇作家、藝術評論家。在詩歌和戲劇的表達形式上多有創新，超現實主義的先驅之一。代表作有〈密臘波橋〉、〈萊茵河之夜〉等。

　　〈萊茵河之夜〉以船夫、船歌、仙女、歌舞、夏夜、美酒頌讚了萊茵河。這首詩以「我的杯子火焰溢出」開頭，以「我的杯子笑聲碎了」結束，十分奇特。

保羅・艾呂雅詩選（1首）

吻

脱去的薄紗，
留有你肉體餘溫，閉眼微顫如吟歌。
芬芳的甜美，
溢出你身體邊緣，卻不失你之爲你。
全新的女人，
你穿越時間界限，裸身在無垠面前。

——保羅・艾呂雅（1895年—1952年）

保羅・艾呂雅（Paul Eluard）是法國詩人，超現實主義運動發起人之一。代表作有〈吻〉、〈除了愛你我沒有別的願望〉、〈自由〉等。

〈吻〉是一首讚美女性美的詩。分三段，每一段開頭都是一個帶有形容詞的名詞：脱去的薄紗、芬芳的甜美、全新的女人，接著都是一個行動：「留有你肉體餘溫，閉眼微顫如吟歌」、「溢出你身體邊緣，卻不失你之爲你」、「你穿越時間界限，裸身在無垠面前」，全詩結構變化中有對稱。其中第二句「芬芳的甜美，溢出你身體邊緣，卻不失你之爲你。」把抽象的女性美，用具象的行動表達、讚美，堪稱絕句。

里爾克詩選（1首）

豹

牠的日光，在走不完鐵欄。
變得疲倦，不能留住一物。
千條鐵杆，之後便無宇宙。

當牠步履拘禁小圈，一遍又一遍的重複。
牠強韌軟蹄的移動，彷彿繞圈祭祀舞蹈，
繞著壯志麻痺中心。

只是有時，眼簾無聲張開，
影像侵入，闖入繃緊筋肉，
刺進心中，轉眼消失無踪。

—— 里爾克（1875年—1926年）

里爾克（Rainer Maria Rilke）是德語詩人，創作德語詩歌、小說、劇本、雜文以及法語詩歌。對19世紀末的詩歌體裁、風格，以及歐洲頹廢派文學都有深厚影響。代表作有〈豹〉、〈秋日〉、〈愛的歌曲〉等。

〈豹〉的主題是喚起人們對自由的渴望。分三段。第一段描述豹失去自由的無奈。第二段描述豹仍然在狹小空間中爭取一點點自由。第三段描述豹有時睜開眼睛，映入眼簾的是鐵欄杆跟觀看牠的人類，這個影像刺入了牠的心臟，但卻「轉眼消失無踪」，是豹放棄了自由，還是儲存了悲憤？

勃留索夫詩選（1首）

我們

我們是上升浪潮頂端，又碎成白色浪花千萬，
我們累垮了趨於平淡，像活浪鋪成死亡床單。

這波浪被下一波吞啖，但也必有它閃耀時段。
垂死浪不再洶湧大膽，但也能染上太陽金光。

我們是浩瀚大海一滴，從未消失只不斷流轉。
在永恆天地無邊大碗，暴風將我們再次揚翻！

——勃留索夫（1873—1924）

勃留索夫（Valery Bryusov）是俄國詩人、散文家、戲劇家、譯者、批評家和歷史學家，象徵主義詩歌的領袖和傑出代表。

　　〈我們〉這首詩很有戰鬥氣氛，似乎是在描述人生的奮鬥歷程。第一段「我們是上升浪潮頂端，又碎成白色浪花千萬，我們累垮了趨於平淡，像活浪鋪成死亡床單。」暗喻人生由青年到老年。第二段「這波浪被下一波吞啖，但也必有它閃耀時段。垂死浪不再洶湧大膽，但也能染上太陽金光。」不正是一代代的人接力文明的進程，每一代都有其輝煌的日子，即使到了晚年「也能染上太陽金光」。第三段「我們是浩瀚大海一滴，從未消失只不斷流轉。在永恆天地無邊大碗，暴風將我們再次揚翻！」暗喻人生的奮鬥歷程將留下永恆的紀錄。

阿赫瑪托娃詩選（4首）

離別

薄光中斜坡小路，展現在我的前方。
就在昨夜我愛人，央求別把他遺忘。

而此刻惟有晨風，牧人對羊吆喝聲，
和凍徹心扉雪松，佇立在清泉兩旁。

心同心並沒有拴在一起

心兒沒栓在一起，你要走隨你的便。
來去自由自在人，幸運等在他前面。

我不哭我也不怨，不會成為幸福人。
別親我我已疲倦，死神會來親我唇。

痛苦日子已熬過，隨同白色的冬天。
為什麼啊為什麼，你會勝過我侶伴？

愛情

像小蛇盤據佔滿，在因愛開竅心田。
像鴿子整天咕咕，在白色平靜窗前。

它在霜凍中閃爍，它在睡夢中出現。
但肯定隱密誘導，讓你難快樂悠閒。

沉思祈禱琴音中，哭泣是快樂甜蜜。
仍然不熟微笑裡，猜測是可怕危險。

深色披肩下緊抱著雙臂

深色披肩下我抱雙臂：你臉色今天為何憔悴？
因為我用苦澀的悲哀，把愛人灌得酩酊大醉。

我忘不掉他跟蹌走了，痛苦得嘴巴已經歪斜。
我奔下樓扶手也沒碰，跟他身後跑出了大門。

我高喊一切只是玩笑，你若走了我怕會死掉。
他冷漠可怕對我微笑，他說我何不遠離風暴。

——安娜·阿赫瑪托娃（1889年—1966年）

安娜・阿赫瑪托娃（Anna Akhmatova）是俄國「白銀時代」的代表性詩人。阿赫瑪托娃為筆名。她曾被譽為「俄羅斯詩歌的月亮」（普希金曾被譽為「俄羅斯詩歌的太陽」）。代表作有〈深色披肩下緊抱雙臂〉、〈愛情〉、〈鄉土〉、〈謬思〉等。

〈離別〉是一首離別詩。第一段敘述現在是「薄光中斜坡小路，展現在我的前方」，第二段倒敘「就在昨夜我愛人，央求別把他遺忘」，第三段回到現在「而此刻惟有晨風，牧人對羊吆喝聲」，第四段以「凍徹心扉雪松」暗喻愛人，「清泉」暗喻正在離開的自己，未談離情卻無聲勝有聲。

〈心同心並沒有拴在一起〉這首詩雖然對過去的情人抱怨一堆，但最後一句「為什麼啊為什麼，你會勝過我侶伴？」過去的情人到了今日還是勝過現在的伴侶，通通洩了底。

〈愛情〉這首詩對愛情的三段描繪很有想像力。「像小蛇盤據佔滿，在因愛開竅心田。像鴿子整天咕咕，在白色平靜窗前。」是否像「小鹿亂撞」？「沉思祈禱琴音中，哭泣是快樂甜蜜。仍然不熟微笑裡，猜測是可怕危險。」愛情使人甜蜜，也使人深怕失去。

〈深色披肩下緊抱著雙臂〉這首詩短短十二句卻像一篇情景鮮明的極短篇小說。「我高喊一切只是玩笑，你若走了我怕會死掉。」把又愛又恨寫得深刻。

鮑里斯‧巴斯特納克詩選（1首）

雨燕

傍晚時候的雨燕，克制不住心中狂。
歡暢沖出了胸腔，在空中到處迴蕩。

羽翼縱情天翱翔，歌聲百轉任飛揚。
多麼得意啊雨燕，連大地都閃一旁！

突然雲霧擴散開，翻滾白泉自天上，
從峽谷飛到天涯，無處可棲獨徬徨。

——鮑里斯‧巴斯特納克（1890年—1960年）

鮑里斯‧巴斯特納克（Boris Pasternak）是俄國猶太人，從小就能作曲、寫詩。以小說《齊瓦哥醫生》聞名於世，但此書因批判了蘇聯體制，長期被列為禁書。1958年獲諾貝爾文學獎，但隨後由於蘇聯眾多輿論的反對，他只好拒絕領獎。詩歌代表作有〈二月〉、〈雨燕〉、〈冬之夜〉等。

〈雨燕〉這首詩以雨燕喻人。第一段雨燕「克制不住心中狂。歡暢沖出了胸腔」竟然可以「在空中到處迴蕩。」第二段雨燕「羽翼縱情天翱翔，歌聲百轉任飛揚。多麼得意啊

雨燕，」甚至「連大地都閃一旁！」。第三段「突然雲霧擴散開，翻滾白泉自天上，」情勢急轉直下，克制不住心中狂的雨燕竟落得「從峽谷飛到天涯，無處可棲獨徬徨」。這首詩是在歌頌雨燕，還是嘲諷雨燕？或者是詩人自述獲得諾貝爾文學獎但隨後被迫拒領的遭遇？無論如何，這首詩風格獨特，劇力萬鈞。

瑪琳娜・茨維塔耶娃詩選（1首）

書桌（第2首）

三十年相依為命，感情比愛情堅貞。
我熟悉你的紋理，你熟悉我的詩句。

刻我皺紋正是你，多少稿紙你吞了，
沒有明天你教我，只有今天你教我。

無論帳單或情書，你是風暴中橡樹，
反復說著就今天，今天截止每一字。

上帝一直這麼說：不接受卑微奉獻。
當他們把我抬出，我和書桌全都捐！

　　　　　　——瑪琳娜・茨維塔耶娃（1892年－1941年）

　　瑪琳娜・茨維塔耶娃（Marina Tsvetaeva）是俄國詩人。代表作有〈嫉妒探〉、〈青春〉、〈書桌〉、〈致一百年後的你〉等。
　　〈書桌〉這首詩以一張老「書桌」比喻詩人對文學創作的狂熱。詩人把書桌擬人化，「三十年相依為命，感情比愛情堅貞」，你教我「沒有明天」、「只有今天」，書桌是人生的情人，也是生命的導師。最後一句「當他們把我抬出，我和書桌全都捐！」把書桌提升到生命的層級，也把對文學創作至死不渝的堅貞寫到極致。

魯勃佐夫詩選（1首）

田野之星

暗夜田野一星閃爍，陷入冰洞不再遠行。
午夜時分夢來相擁，我的故鄉沉浸夢中。

田野之星震驚寒冷，我在大廳回憶過往。
金秋上空溫柔閃亮，銀冬上空冰寒泛光。

田野之星閃而不亡，爲每一個憂愁百姓，
帶來感人問候光芒，送給城鎮重生希望。

我的家鄉寒冷朦朧，如此才能越來越亮。
廣闊世界我感幸福，只要一星照亮故鄉。

——魯勃佐夫（1936年—1971年）

魯勃佐夫（Nikolay Rubtsov）是俄國抒情詩人。1960年
開始發表詩作，不久便成為「悄聲細語」派的代表人物之
一。

〈田野之星〉是一首優美的思鄉詩。詩人與家鄉的心靈
聯繫在於舉頭可見的星星，「廣闊世界我感幸福，只要一星
照亮故鄉。」李白的靜夜思「牀前明月光，疑是地上霜。舉
頭望明月，低頭思故鄉。」則以舉頭可見的月光連結故鄉，
兩者有異曲同工之妙。

薩巴詩選（1首）

山羊

我和一隻山羊聊天，獨自綁在一根柱上，
吃飽牧草淋了雨水，咩咩地叫聲音單調。

聲音似我悲傷兄弟。我先是好奇地發問，
後來明白悲傷永遠，以致單調一成不變。

我聽到了牠的聲音，孤零零的山羊聲音。
來自帶著淚光山羊，聽到生命所有弊病。

感嘆啊！

——薩巴（1883年—1967年）

薩巴（Umberto Saba）是義大利語詩人。二戰時四處躲藏，逃避迫害。畢生受精神疾病之苦，擅長抒情、簡樸的自傳詩。

〈山羊〉以一隻被拴住的山羊比喻自己的人生，第一段山羊的處境引發了同病相憐的感情。第二段竟然和山羊聊起天來。第三段「來自帶著淚光山羊，聽到生命所有弊病。」是全詩最佳的詩句。

夸西莫多詩選（1首）

轉眼即夜晚

每個人都獨自站在世界的中心，
被一道陽光刺穿，
轉眼即夜晚。

—— 夸西莫多（1901年—1968年）

　　夸西莫多（Salvatore Quasimodo）是義大利詩人、翻譯家，西西里島出生，後移居墨西哥。1959年獲諾貝爾文學獎。代表作有〈轉眼即夜晚〉、〈島嶼上〉、〈海濤〉等。
　　〈轉眼即夜晚〉這首詩極短，人、獨自、世界、中心、陽光、刺穿、轉眼、夜晚等意象在短短三句融合為一。這首詩反映了人間每個人的一生：生存孤獨、生命短暫的本質。這首詩英譯如下：

Everyone stand alone on the heart of the earth
pierced by a ray of the sun's light:
and suddenly it is evening.

安東尼奧‧馬查多詩選（1首）

夏夜

一個美麗的夏之夜，高大的房子們任由
他們陽台的百葉窗，打開面對古老廣場。

在廣大荒涼廣場上，石凳與燃燒金合歡
追蹤他們黑色陰影，在白色沙灘上對稱。

月亮在夏夜的天頂，照亮的大鐘在高塔。
我走過古老的村莊，孤獨得像一個鬼魂。

——安東尼奧‧馬查多（1875年—1939年）

　　安東尼奧‧馬查多（Antonio Machado）是西班牙詩
人，西班牙98世代的代表人物之一。代表作有〈我走過了很
多路〉〈夏夜〉等。
　　〈夏夜〉這首詩似乎在描述一個夏夜之夢。這首詩第一
段的陽台對廣場，第三段的月亮對行人，在空間上採用俯角
視角，令讀者感受到空曠與孤獨，最後一句「我走過古老的
村莊，孤獨得像一個鬼魂。」詩人以第一人稱深刻地描述了
孤獨感。金合歡的花為金黃色球形，因此以燃燒形容盛開的
金合歡。

胡安・希門內斯詩選（1首）

深深的沉睡的水

深沉的靜水你不需榮耀，你不屑於做瀑布取悅人；
晚上月亮眼睛照顧你時，你的全身充滿銀色思緒……

痛苦的靜水純潔而安靜，你鄙視喧鬧勝利的榮耀；
白天甜蜜溫暖陽光照耀，你的全身充滿金色思緒……

你美麗深刻我靈魂一樣；我痛苦地向你的平靜來，
而你在寧靜岸邊的沉思，正綻放鮮花的純正典範。

—— 胡安・希門內斯（1881年—1958年）

　　胡安・希門內斯（Juan Jiménez）是西班牙詩人，1956年獲得諾貝爾文學獎。他是一個多產的作家，代表作有〈深深的沉睡的水〉等。
　　〈深深的沉睡的水〉這首詩把水擬人化。第一、二段是對稱的，分別以「你的全身充滿銀色思緒……」以及以「你的全身充滿金色思緒……」作結尾。「你不屑於做瀑布取悅人」，暗示詩人也一樣。直到第三段詩人出現了，「你美麗深刻我靈魂一樣；我痛苦地向你的平靜來」，最後「而你在寧靜岸邊的沉思，正綻放鮮花的純正典範。」顯示詩人願意以「水」為師。

費德里戈・羅卡詩選（1首）

夢遊謠（第1段）

綠我愛這樣的綠，綠色風綠色樹枝。
這艘船遠在海上，這匹馬遠在山上。

深綠在她的腰上，她在露臺上做夢，
她那綠色的臉頰，她那綠色的頭髮，
她那眼睛像冷銀。

綠我愛這樣的綠。在吉普賽人月下，
大家都在看著她，但她無法回頭望。

——費德里戈・羅卡（1898年—1936年）

費德里戈・羅卡（Federico Lorca）是西班牙詩人、劇作家。現被譽為西班牙最傑出的作家之一。代表作有〈海水謠〉、〈夢遊謠〉等。

〈夢遊謠〉全詩頗長，是一首非常神秘的敘事詩。此處只翻譯了第1段，約全詩7分之1的長度。這首詩中的綠是甚麼呢？有人認為詩中充滿了死亡的象徵，所以綠色，生命的顏色，似乎代表了死亡的直接的對比。詩中的女性已經因故過世。就讓讀者自己去想像。

費爾南多‧佩索亞詩選（1首）

你不快樂的每一天都不是你的

不快樂的每一天，自然都不是你的，
你只是虛度了它。無論你怎麼過活，
你不能感到快樂，你就失去這一天。

若夕陽映在水塘，足以令你心愉悅，
愛情美酒或歡笑，也不過等值輕重。
幸福人暢飲清水，不拒絕每天饋贈！

——費爾南多‧佩索亞（1888年—1935年）

費爾南多‧佩索亞（Fernando Pessoa）是葡萄牙詩人與作家。

〈你不快樂的每一天都不是你的〉這首詩第一段說理，如果到此結束，那就不是傑作了。第二段舉了三個例子說明知足可以常樂，「幸福人暢飲清水，不拒絕每天饋贈！」是佳句。

尼古拉・瓦普察洛詩選（1首）

告別——給我的妻子

卿已睡熟我方回，不是歸人不能留。

悄悄走近輕輕坐，月下看卿看個夠。

看卿未足天將明，輕輕吻卿悄悄走。

——瓦普察洛夫（1909年—1942年）

尼古拉・瓦普察洛夫（Nikola Vaptsarov）是保加利亞詩人、革命家。代表作有〈春天〉等。

〈告別——給我的妻子〉詩人是革命家，無法陪伴妻子，只能偷偷地「卿已睡熟我方回」，但終究「不是歸人不能留」。「悄悄走近輕輕坐，月下看卿看個夠。看卿未足天將明，輕輕吻卿悄悄走。」的第一句的悄悄走近、輕輕坐，和第四句的輕輕吻卿、悄悄走首尾呼應。這首詩語氣和緩，卻充滿強烈的感情。

第二章 美國、加拿大詩歌選

佛洛斯特詩選（5首）

黃金時代不能留

自然新綠貴如金，此色最難恆持久。
枝上嫩葉嬌若花，美麗消逝付水流。

嫩葉褪色復爲葉，伊甸轉眼陷憂愁，
黎明須臾入白畫，黃金時代不能留。

火與冰

世界將毀滅於火，另一說毀滅於冰。
據我對慾望體驗，我同意毀滅於火。

但如要毀滅兩次，從我對仇恨體認，
冰在破壞這方面，同樣偉大和拿手。

牧場

我去清理牧場水流；只是去把落葉撈走，
或許守候水流變清。你也來不會去多久。

我去牽回初生小牛；在母親旁牠太年幼，
舌舔得牠跌跌撞撞。你也來不會去多久。

春潭

水潭林中仍然映現，整片天空幾無缺陷。
水岸鮮花無助顫抖，水潭與花不久人間。
不因流入溪河枯竭，而是循根綠了樹葉。

樹木枝芽蓄勢待發，夏日森林指日回歸。
三思三思不急發威，喝掉潭水枯萎花蕾。
如花水潭如水鮮花，昨天冰雪才剛融化。

既不遠也不深

沿著沙岸的人們，都轉身望一方向。
他們背對著陸地，整天凝視著海洋。

只要有船靠過來，船身不斷地上揚。
濕潤沙地如明鏡，映出孤鷗的影像。

陸地更常富變化，眞理無論何處藏。
海水波波撲上岸，人們凝視著海洋。

他們無法望太遠，他們無法看太深。
世上可有一沙洲，他們可以久凝望？

—— 羅伯特・佛洛斯特（1874年—1963年）

　　羅伯特・佛洛斯特（Robert Frost）是美國詩人。他對農村生活樸實描述和蘊含哲理的作品受到高度評價，曾四度獲得普立茲獎。代表作有〈雪夜林邊小立〉〈未走之路〉等。
　　〈黃金時代不能留〉這首詩主題「勸君惜取少年時」，以植物的「新綠」難持久鋪陳。原詩如下：

　　　Nature's first green is gold
　　　Her hardest hue to hold.
　　　Her early leaf's a flower;
　　　But only so an hour.
　　　Then leaf subsides to leaf.
　　　So Eden sank to grief,
　　　So dawn goes down to day.
　　　Nothing gold can stay.

　　〈火與冰〉火與冰分別象徵「慾望」與「仇恨」，或者簡單地說，愛與恨。這首詩暗喻慾望與仇恨是毀滅世界的亂

源。原詩如下：

Some say the world will end in fire,
Some say in ice.
From what I've tasted of desire
I hold with those who favour fire.
But if it had to perish twice,
I think I know enough of hate
To say that for destruction ice
Is also great
And would suffice.

〈牧場〉這首詩描繪了鄉村生活，暗喻對人類城市化的反思。二段的最後一句都是「你也來不會去多久。」似乎是在對都市來的生活步調匆忙的親友喊話。原詩如下：

I'm going out to clean the pasture spring;
I'll only stop to rake the leaves away
（And wait to watch the water clear, I may）：
I shan't be gone long. -- You come too.
I'm going out to fetch the little calf
That's standing by the mother. It's so young,
It totters when she licks it with her tongue.
I shan't be gone long. -- You come too.

〈春潭〉是首有哲學意味的詩。「三思三思不急發威，喝掉潭水枯萎花蕾。」似乎在談欲望的滿足要適度。「如花

水潭如水鮮花」是很美的詩句。

〈既不遠也不深〉是首談真理的詩。到海邊凝望大海是凡人的行為，但「他們無法望太遠，他們無法看太深。」凡人對真理無法望太遠、看太深。「陸地更常富變化，真理無論何處藏。」真理更可能藏在陸地，但凡人寧可「海水波波撲上岸，人們凝視著海洋。」而且「世上可有一沙洲，他們可以久凝望？」人生有限，正如沙洲被一波波海浪侵蝕，凡人有足夠時間追尋真理嗎？

卡爾·桑德堡詩選（2首）

霧

霧來了
以小貓的腳步。

坐下俯望
城市與港口
在靜默的腰部，
然後繼續往前走。

草

屍積如山，在滑鐵盧。鏟起埋下，讓我幹活—
我是野草，掩蓋所有。
屍橫遍野，在蓋茨堡。鏟起埋下，讓我幹活—
我是野草，掩蓋一切。
三五年後，過客問我：
這片草皮，甚麼地方？我們現在，是在哪兒？
我是野草，讓我幹活。

——卡爾·桑德堡（1878年—1967年）

卡爾・桑德堡（Carl Sandburg）是美國詩人、小說家、民謠歌手、民俗學研究者、歷史學家，曾獲三次普利茲文學獎。主要的詩歌作品有〈霧〉、〈草〉、〈芝加哥〉等。

〈霧〉這首詩「擬貓化」地描述了「霧」。一般認為「霧來了／以小貓的腳步。」是絕妙佳句。據傳桑德堡曾描述這首詩的起源。有一天，他帶著一本日本俳句去採訪一名法官，他穿過格蘭特公園，看到了芝加哥港上空的霧氣。他以前肯定見過很多迷霧，但這次他要等四十分鐘才能等到法官，所以他決定創作一個「美國俳句」。原詩如下：

The fog comes
on little cat feet.

It sits looking
over harbor and city
on silent haunches
and then moves on.

〈草〉是一首弔古戰場的懷古詩。第一、二段分別描述滑鐵盧戰役（1815年歐洲列強共同對抗法蘭西第一帝國的一次戰役）與蓋茨堡戰役（1863年美國內戰中最血腥的一場戰鬥），但開頭都是屍積如山、屍橫遍野，結尾都是「鏟起埋下，讓我幹活—我是野草，掩蓋所有」最後「我是野草，讓我幹活」以野草的第一人稱視角傳達了詩人的看法：國與國戰爭或內戰並無不同，有同《孟子》「春秋無義戰」一樣的感嘆。原詩如下：

Pile the bodies high at Austerlitz and Waterloo.
Shovel them under and let me work——
    I am the grass; I cover all.

And pile them high at Gettysburg
And pile them high at Ypres and Verdun.
Shovel them under and let me work.
Two years, ten years, and the passengers ask the conductor:
    What place is this?
    Where are we now?

    I am the grass.
    Let me work.

華萊士‧史蒂文斯詩選（2首）

罈子軼聞

罈子置於田納西，圓圓立在山頂上。
它使散亂的荒野，朝拜罈子的方向。

荒野向罈子湧來，四周已不再荒涼。
圓罈子立在地上，竟高到觸及天堂。

雪人

必須用冬天的心境，才能看見霜與樹枝，藏在積雪的松樹裡。
必須冰凍經過很久，才見到垂冰的刺柏，雲杉遠處閃閃發光。
我們想到一月太陽，但沒想到風聲悲愴，在幾片落葉悲聲中。
那也是大地的聲音，充滿了同樣的寒風，在同樣的荒地吹襲。
為了雪地的傾聽者，見不在那裡的空無，以及在那裡的空無。

———華萊士‧史蒂文斯（1879年—1955年）

華萊士‧史蒂文斯（Wallace Stevens）是美國現代主義詩人。大部分生涯在保險公司工作。1955年獲得普力茲詩歌獎。代表作有〈罈子軼聞〉、〈雪人〉、〈霜淇淋皇帝〉等。

〈罈子軼聞〉是一首哲理詩。罈子代表文化，田納西代表自然。田納西州是美國南方主要以牧牛和棉花種植為主的州。這首詩暗喻文明與自然的關係：文明帶來了秩序，無序的自然漸漸被文明馴服。

〈雪人〉是一首神秘的短詩，詩人邀請讀者進入冬天的心靈。雖然是擬人化的語氣，但詩中沒有提到真正的雪人，因為「我們」就是雪人，是第一人稱。因此讀者必須用雪人的視角看世界，才能觀賞到人們無法看到的冬天美景。末段「為了雪地的傾聽者，見不在那裡的空無，以及在那裡的空無。」的原文如下：

For the listener, who listens in the snow,
And, nothing himself, beholds
Nothing that is not there and the nothing that is.

威廉·威廉斯詩選（1首）

爲一位窮苦的老婦人而寫

嚼著李子
在大街上，一紙袋李子
在她手上。

它們吃起來眞好對她。
它們吃起來眞好
對她。它們吃起來
眞好對她。

你能看得出來，
從那沉醉自己
在那半個
她手中吸吮過的。

被安慰
一種熟李子的安慰，
似乎充滿了空間，
它們吃起來眞好對她。

——威廉·威廉斯（1883年—1963年）

威廉·威廉斯（William Williams）是美國詩人、小說家。美國「後現代主義」詩歌的鼻祖。代表作有〈紅色手推車〉、〈為一位窮苦的老婦人而寫〉、〈寡婦怨嘆在春日〉，以及長詩〈裴特森〉。

　　〈為一位窮苦的老婦人而寫〉描述一位老婦人吃李子心滿意足的樣子，襯托了老婦人的窮苦。「它們吃起來真好對她。／它們吃起來真好／對她。它們吃起來／真好對她。」把「它們吃起來真好對她」用不同的語言結構重複了三次，更彰顯心滿意足的樣子。這一段的原文為：

They taste good to her
They taste good
to her. They taste
good to her

愛德華・卡明斯詩選（1首）

愛比忘記醇厚

愛比回憶單薄，比忘記醇厚；
　比波浪罕見，比失敗頻繁。
愛最瘋狂癡顛，而且比最深海洋更長久。

愛比勝利還少，比活著還多；
　比開始更小，比原諒更大。
愛最理智清醒，而且比最高天空更不朽。

　　　　　　　——愛德華・卡明斯（1894年—1962年）

　　愛德華・卡明斯（Edward Cummings）是美國詩人、劇作家、評論家、畫家。
　　〈愛比忘記醇厚〉是一首談愛情的哲理詩。「愛比回憶單薄，比忘記醇厚；比波浪罕見，比失敗頻繁。」愛情記不太起來，又忘不了；愛情並不常有，也不罕見。「愛比勝利還少，比活著還多；比開始更小，比原諒更大。」愛情有時太少，有時又太多；愛情有時微不足道，有時又驚天動地。愛情「最瘋狂癡顛」也「最理智清醒」，愛情矛盾啊！

朗斯頓・休斯詩選（2首）

安靜的女孩

若非看見眼睛，我會把你比做
無星夜晚。

若非聽到歌聲，我會把你比做
無夢安睡。

夢

緊緊抓住夢想，夢想若是消亡，
生命折翅鳥兒，再也不能飛翔。

緊緊抓住夢想，夢想若是淪喪，
生命雪封荒野，再也沒有春天。

——朗斯頓・休斯（1902年—1967年）

朗斯頓・休斯（Langston Hughes）是美國非洲裔詩人、小說家、劇作家、專欄作家。代表作有〈黑人談河〉、〈讓

美國重新成為美國〉等。

　　〈安靜的女孩〉是一首讚美詩。「若非看見眼睛，我會把你比做／無星夜晚。」所以其眼如星。「若非聽到歌聲，我會把你比做／無夢安睡。」所以其歌如夢。此詩原文：

　　I would liken you
　　To a night without stars
　　Were it not for your eyes.

　　I would liken you
　　To a sleep without dreams
　　Were it not for your songs.

　　〈夢〉是一首對追尋夢想的頌詩。兩段開頭都是「緊緊抓住夢想」，後面才講為何要如此。此詩原文十分簡樸：

　　Hold fast to dreams
　　For if dreams die
　　Life is a broken-winged bird
　　That cannot fly.

　　Hold fast to dreams
　　For when dreams go
　　Life is a barren field
　　Frozen with snow.

第三章 日本詩歌選

土井晚翠詩選（1首）

荒城之月

高樓設宴賞櫻花，傳杯勸酒月光華。
千年古松難遮月，昔日清輝照誰家？

故壘秋夜霜布滿，鴻雁列陣聲淒涼。
城中劍樹泛寒光，昔日清輝照誰家？

此刻荒城夜中天，今日清暉可照誰？
只剩老藤繞殘牆，但聞松濤秋風吹。

月中桂影今未改，人間英豪換幾回。
昔日清輝今猶在，荒城之月照河山！

——土井晚翠（1871年—1952年）

　　土井晚翠（Bansui Doi）是日本詩人，被認為與島崎藤
村並駕齊驅。他的詩的特點是漢詩調，擅長史詩類的敘事
詩。
　　〈荒城之月〉是一首懷古詩。由明治時期的日本近代音
樂之父瀧廉太郎1901年作曲，成為日本家喻戶曉的民歌。
「月中桂影今未改，人間英豪換幾回。」感受歷史滄桑。

島崎藤村詩選（2首）

初戀

蘋果林當初相遇，你挽起少女髮型。
花彩梳髮鬢插著，映襯你清秀面容。
你脈脈伸出玉手，捧起了蘋果贈送。
滿清香秋果紅熟，如你我情投意合。
飄飄然墜入情網，讚嘆聲吹拂青絲。
彷彿飲甘醇美酒，斟滿杯你我濃情。
蘋果樹枝繁葉茂，大自然曲折小徑。
定情物誰留此地，小疑問耳邊迴鳴。

千曲川旅情之歌

小諸古城村野外，白雲飄泊旅人遊；
青草稀疏續枯朽，弱草怎堪人坐休；
銀色覆蓋遠山丘，春日映照融雪流。

雖然春暉感溫暖，茫茫四野無花朵；
早春籠罩霧薄紗，只見小麥色嫩黃；
幾行行人結隊走，田間來去行匆匆。

不知不覺近黃昏，忽聞洞簫聲幽幽；
千曲川水水柔柔，遊人岸邊夜宿留；
春夜小酌三兩杯，或稍安慰旅中愁。

—— 島崎藤村（1872年－1943年）

島崎藤村（Tōson Shimazaki）是日本詩人、小說家。活躍於明治、大正與昭和時期。他以浪漫詩人的風格首度發表作品，而後又以自然主義的寫作方式陸續發表作品，達到日本自然主義文學的巔峰。

〈初戀〉是一首情詩。雖然以每句七字來翻譯，但採用3+4的結構，而非傳統七言漢詩4+3的結構。解析如下

蘋果林——當初相遇，你挽起——少女髮型。
花彩梳——髮鬢插著，映襯你——清秀面容。
你脈脈——伸出玉手，捧起了——蘋果贈送。
滿清香——秋果紅熟，如你我——情投意合。
飄飄然——墜入情網，讚嘆聲——吹拂青絲。
彷彿飲——甘醇美酒，斟滿杯——你我濃情。
蘋果樹——枝繁葉茂，大自然——曲折小徑。
定情物——誰留此地，小疑問——耳邊迴鳴。

〈千曲川旅情之歌〉是一首感懷旅遊漂泊的詩。以每句七字來翻譯，採用傳統的4+3的結構。

與謝野晶子詩選（4首）

亂髮

黑髮千絲，糾結難解；
春宵憶往，纏綿難分。

念經聲沉沉

念經聲沉沉，春夜之內殿，
二十五菩薩，請改聞我歌。

輕觸

輕觸我的乳房，撥開神秘面紗，
一花那兒盛開，色櫻紅氣芬芳。

思春歌

柔嫩肌膚未曾觸，跳動血管未曾撫，

高談闊論道路旁，問君不覺寂寞苦？

———與謝野晶子（1878年—1942年）

與謝野晶子（Akiko Yosano）是明治至昭和時期女性詩人、作家、思想家。1901年發表的第一部和歌集《亂髮》謳歌青春愛情，讚美人性解放，挑戰傳統道德，震驚了當時的日本文壇。她也因此成為浪漫主義的代表詩人。代表作有〈亂髮〉、〈你不要死去——為軍中幼弟悲嘆〉等。

〈亂髮〉把「黑髮／糾結」跟「春宵／纏綿」做了聯想。

〈念經聲沉沉〉以「念經聲沉沉」開始，以「請改聞我歌」結束。是一首女性情慾與禮俗拔河的詩。平安時代中期女歌人和泉式部（約西元978年—1034年）有一首相關的和歌：

盡力試著堅持，心中佛陀教誨；
還是忍不住聽，窗外蟋蟀聲催。

和泉式部只是「還是忍不住聽，窗外蟋蟀聲催。」而與謝野晶子更大膽，要「二十五菩薩，請改聞我歌。」有了顛覆性的思想。

〈輕觸〉與〈思春歌〉都是大膽的女性情慾解放的詩歌。

北原白秋詩選（1首）

水面

柳花飄了又落下，成就了傍晚黃昏。
水面映出房間內，女子的一雙眼睛。

我在你心中摩挲，你的臉出奇蒼白。
忽然水波變了色，出現幻妖的雙眼。

正當我心驚注視，它變成魚鱗銀白。
它變成船槳和聲，再變回屋中女孩。

柳花正飄起落下，簷渠旁蜻蜓身上。
我心已疲倦孤單，水面上被輕搓揉。

——北原白秋（1885年—1942年）

北原白秋（Kitahara Hakushu）是日本詩人、童謠作家。代表作有〈邪宗門密曲〉、〈水面〉等。

　　〈水面〉是一首奇幻詩。房內女子變為湖面幻妖，再變回房內女子。一切都在詩人的凝視之下。詩人以「我在你心中摩挲」跟女子互動，最後自己「我心已疲倦孤單，水面上被輕搓揉。」女子與水面對於詩人是一體兩面。。首尾兩段的前半部「柳花飄了又落下，成就了傍晚黃昏」與「柳花正飄起落下，簷渠旁蜻蜓身上」以水邊柳花的飄起落下優雅地首尾呼應。

三木露風詩選（1首）

晚霞中的紅蜻蜓

晚霞紅蜻蜓，請你告訴我，
兒時遇見你，是在哪傍晚？

竹籃帶上山，綠葉滿桑樹，
桑果入竹籃，難道是夢幻。

夕陽紅蜻蜓，你在哪停棧？
是你紅蜻蜓，停在那竹竿？

——三木露風（1889年—1964年）

三木露風（Rofū Miki）是日本象徵主義詩人。
〈晚霞中的紅蜻蜓〉這是一首經久不衰的童謠。三木露
風作詞，山田耕作作曲。許多人的童年都會被五顏六色的昆
蟲吸引，成了一輩子忘不了的美好記憶。

三好達治詩選（1首）

海鷗

狂風海上猛烈呼嚎，有一海鷗飛過砂丘！
寂寞海濱無一船影，獨自天地振翅優遊。
啊，我亦曾如此！

黑沉海浪正在肆虐，荒涼砂丘最遠盡頭，
獨自海天堅持飛翔，早來季風摧殘海鷗！
啊，我亦曾如此！

海浪難擾不動砂丘，潮霧到此往上翻揚。
過了些時轟響夢逝，獨自春天放聲高歌。
啊，我亦曾如此！

海鷗寂寞大海共遊，聲聲興奮急促歡鳴，
鳴聲轉眼浪聲沖走，歡鳴仍舊聲聲喚我，
啊，我亦曾如此！

——三好達治（1900年—1964年）

三好達治（Tatsuji Miyoshi）是日本詩人。

　　〈海鷗〉是詩人藉由海鷗做人生自述的一首詩，因此每一段都以「啊，我亦曾如此！」做結尾。詩人描述海鷗孤獨而堅強，雖然「過了些時轟響夢逝」但仍「獨自春天放聲高歌」是很精采的描寫。

第四章 東亞詩歌選

崔南善詩選（1首）

海上致少年（共6段，選第1、3、6段）

1

嘩啦，嘩啦，大雨漫天，敲打，破碎，塌陷。
大如廟宇巨石高過泰山，這沒有甚麼了不起，
你可知道我力氣有多大，敲打，破碎，塌陷。
嘩啦，嘩啦，大雨漫天。

3

嘩啦，嘩啦，大雨漫天。
若有人敢不向我鞠躬，現在立刻報上你的名號。
就算秦始皇或拿破崙，他們也要向我鞠躬彎腰。
要來比力量那就來吧！嘩啦，嘩啦，大雨漫天。

6

嘩啦，嘩啦，大雨漫天，向他們攀附遲早疏離。
世上惟我值得永遠敬愛，長大了的純真少年們，
可愛地嬉鬧來到我懷裡，快將我親吻把我擁抱。
嘩啦，嘩啦，大雨漫天。

——崔南善（1890年—1957年）

崔南善（Bansui Doi）是朝鮮詩人、歷史家、出版人、獨立運動領導人。他和李光洙被視為韓國近代文學開拓者。

　　〈海上致少年〉是一首向國家未來的主人——少年，宣揚應該追隨真理而非權威，具有革命氣息的詩。「就算秦始皇或拿破崙，他們也要向我鞠躬彎腰」詩中的「我」指「真理」，「秦始皇或拿破崙」指「權威」，權威終究要向真理低頭。

金素月詩選（1首）

杜鵑花

若你已厭倦見我，在你離去的時候，
我會一句不說送你遠走。

寧邊的藥山上頭，那盛開的杜鵑花，
我會摘一把撒在你路上。

當你離去的時候，請用輕盈的步伐，
踏在我鋪好的一路花朵。

若你已厭倦見我，在你離去的時候，
即便會死去，我會一淚不流送你遠走。

——金素月（1902年—1934年）

　　金素月（Kim Sowol）是朝鮮詩人。生於北朝鮮窮鄉僻
壤中富裕的農村家庭，是20世紀實現朝鮮自由詩最終形成的
著名詩人之一，所創民謠體詩歌以感傷風格著稱。
　　〈杜鵑花〉是一首哀傷的情詩。「我會摘一把撒在你路
上」與「踏在我鋪好的一路花朵」讀來淒美。「我會一句不
說送你遠走」與「即便會死去，我會一淚不流送你遠走」讀
來心痛。

尹東柱詩選（1首）

序詩

仰望蒼天浩浩，直到死神降臨，不留一絲悔恨。
穿過葉子的風，觸動我心深深。

以心謳歌星辰，珍愛一切生命，賦予雙腳征程。
今夜有風掠過，星星不停閃動。

——尹東柱（1917年—1945年）

　　尹東柱（Yun Dong-ju）是韓國獨立運動家、詩人。朝鮮半島在1910年到1945年被日本占領，成為日本的殖民地。在留學日本期間，他因在學校宣傳朝鮮民主獨立而被捕，後因酷刑死於獄中。

　　〈序詩〉是一首很有革命氣息的詩。詩人的志向是「仰望蒼天浩浩」、「以心謳歌星辰」，向蒼天星辰看齊！

德欽哥都邁詩選（1首）

讚歌

垂頭沮喪緬甸人，
無依無靠眼迷惘，
失去傳統心恐慌。

就職宣誓官員集，
個個穿得洋人樣，
宮廷禮儀難懷想。

只有一人舊裝扮，
氣宇不凡吳梅昂，
白色包頭窄袖裳。

信念崇高民希望，
前世行善得福相，
祈禱祝福友誼長。

—— 德欽哥都邁（1875年—1964年）

德欽哥都邁（Thakhin Kou Taw Hmain）是緬甸詩人、作家、民族主義者。原名吳龍。從小出家，在寺廟中讀書。

　　〈讚歌〉是一首讚頌、祈福一位不凡、具有民族志節人物的詩。藉由穿著打扮的不同，一邊是「個個穿得洋人樣，宮廷禮儀難懷想」，一邊是「只有一人舊裝扮，……，白色包頭窄袖裳」，做出了諷刺與讚美。

　　1752年到1885年時，貢榜王朝統治緬甸。1885年第三次英緬戰爭，英軍占領了整個緬甸，並將之納入大英帝國下屬的印度領地當中，成為英屬印度的一個省份。1948年才恢復獨立。詩人生活在1875年到1964年。一生中大部分時間是在英國殖民統治中度過。

阿米爾・哈姆紮詩選（1首）

站立

朦朧暮色久站立，海鷗低翔起浪花。
樹枝垂蕩如長髮，水母優游身舒展。

徐徐海風送涼意，撲打海岸濺金粒。
飛過山巔劃天際，樹海波濤多起伏。

彩虹如弓跨大海，色彩繽紛絕美豔。
海鷹收翅翔天際，群集海天享自由。

置身迷人此仙境，百感交集多哲思。
願來分享此美景，領略人生真奧義。

——阿米爾・哈姆紮（1911年—1946年）

　　阿米爾・哈姆紮（Amir Hamzah）是印尼詩人、翻譯
家、民族主義者。
　　〈站立〉是一首以景寓意的詩。印尼是一個群島國家，
海岸線極長。詩人站在海邊一邊欣賞美景，一邊思考人生的
奧義。

第五章 南亞、西亞、非洲詩歌選

泰戈爾《漂鳥集》詩選（12首）

錯過

因錯過太陽而流淚，
你將錯過群星。

白雲與晨光

白雲謙遜站在天邊，
晨光爲它披上霞彩。

刀鞘

刀鞘保護刀的鋒利，
自己卻滿足於鈍厚。

夏鳥與秋葉

漂鳥飛來窗前唱歌，轉眼飛走。
秋葉沒有什麼可唱，掉落窗頭。

時間與時鐘

時間是財富的機會。
時鐘模仿它,
卻只能任由機會流逝。

這就是愛情

眼睛為她下雨,
心為她打著傘,
這就是愛情。

生與死

讓生,美如夏花;
讓死,美若秋葉。

鳥兒與雲

鳥兒願為雲;
雲兒願為鳥。

答之以歌

世界以痛吻我，
要我答之以歌。

看錯與欺騙

分明我們看錯了世界，
卻說世界欺騙了我們。

世界與一人

對於世界來說，你可能只是一人；
但對某人來說，你可能是全世界。

權勢與愛情

權勢對世界說道：你是我的。
世界把權勢囚禁在她的寶座。
愛情對世界說道：我是你的。
世界給愛情往來宮殿的自由。

　　泰戈爾（Rabindranath Tagore）是印度孟加拉族詩人、
哲學家，1913年以《吉檀迦利》成為第一位獲得諾貝爾文學
獎的亞洲人。他的詩有深刻的宗教和哲學見解。他本人被許
多印度教徒看成一位聖人。

　　《漂鳥集》也有人譯為《飛鳥集》，是泰戈爾的一本談
哲理的短詩集。許多作品優美又富哲理，但也有一部分成了
格言，已經不像詩了。本詩選不收錄這種純格言體裁的作
品。《漂鳥集》中許多詩都是對稱寫法，例如：

The cloud stood humbly in a corner of the sky.
The morning crowned it with splendour.
白雲謙遜站在天邊，
晨光為它披上霞彩。

The scabbard is content to be dull
when it protects the keenness of the sword.
刀鞘保護刀的鋒利，
自己卻滿足於鈍厚。

Stray birds of summer come to my window to sing and fly
away.
And yellow leaves of autumn, which have no songs, flutter
and fall there with a sign.

漂鳥飛來窗前唱歌，轉眼飛走。
秋葉沒有什麼可唱，掉落窗頭。

Let life be beautiful like summer flowers
And death like autumn leaves.
讓生，美如夏花；
讓死，美若秋葉。

The bird wishes it were a cloud.
The cloud wishes it were a bird.
鳥兒願為雲；
雲兒願為鳥。

希克梅特詩選（1首）

最美麗的大海尚未越過

最美麗的大海尚未越過。
最漂亮的孩子還沒長大。
最美好的日子還沒到來。
最讚美的話語我想告訴你的，我還沒說……

——希克梅特（1902年—1963年）

　　希克梅特（Nazim Hikmet）是土耳其左派詩人、劇作家、小說家、回憶錄作家。他的抒情詩最富盛名，被稱為「浪漫文藝復興人」。
　　〈最美麗的大海尚未越過〉是一首情詩。前三句鋪陳最美麗的、最漂亮的、最美好的三個事物，最後引出「最讚美的話語我想告訴你的，我還沒說……」這句情話。此詩英文版如下：

The most beautiful sea hasn't been crossed yet.
The most beautiful child hasn't grown up yet.
The most beautiful days we haven't seen yet.
And the most beautiful words I wanted to tell you
I haven't said yet…

沙比詩選（1首）

牧歌（共10段，選第1、2、10段）

1

晨以歌喚醒沉睡生命，貪睡的樹林終於起身。
清風與乾枯花瓣共舞，昏暗的峽谷飄過霞光。

2

早晨很美地平線更美，花鳥和水波伸展開來。
世界醒來為生命歌唱，醒來吧過來吧我的羊！

10

森林裡有你美好牧場，天地唱和押韻到黃昏。
柔軟的草影已經延長，快點回到靜美的家邦。

——沙比（1909年—1934年）

　　沙比（Aboul-Qacem Echebbi）是北非的突尼西亞詩人。
　　〈牧歌〉是一首寫景的優美詩歌。「早晨很美地平線更美，花鳥和水波伸展開來」與「森林裡有你美好牧場，天地唱和押韻到黃昏」都很優美，末句「柔軟的草影已經延長，快點回到靜美的家邦」是溫柔呼喚羊群回家？還是呼喚遊子回家？

國家圖書館出版品預行編目 (CIP) 資料

最美的一首詩：世界短詩精選 130 家 / 葉怡成著 . -- 初版 . --
臺中市 : 好讀出版有限公司 , 2022.07

　　面；　　公分 . -- (典藏經典 ;138)

ISBN 978-986-178-606-3（平裝）

1. 詩總集 2. 賞析

813.1　　　　　　　　　　　　　111009527

好讀出版

典藏經典 138

最美的一首詩：世界短詩精選 130 家

編 譯 者／葉怡成
總 編 輯／鄧茵茵
文字編輯／莊銘桓
封面設計／鄭年亨
內頁編排／王廷芬
行銷企劃／劉恩綺
發行所／好讀出版有限公司
　　　　台中市 407 西屯區工業 30 路 1 號
　　　　台中市 407 西屯區大有街 13 號（編輯部）
TEL:04-23157795 FAX:04-23144188 http://howdo.morningstar.com.tw
　（如對本書編輯或內容有意見，請來電或上網告訴我們）
法律顧問　陳思成律師

讀者服務專線／ TEL：02-23672044 / 04-23595819#230
讀者傳眞專線／ FAX：02-23635741 / 04-23595493
讀者專用信箱／ E-mail：service@morningstar.com.tw
網路書店／ http : //www.morningstar.com.tw
郵政劃撥／ 15060393（知己圖書股份有限公司）
印刷／上好印刷股份有限公司
如有破損或裝訂錯誤，請寄回知己圖書更換

初版／西元 2022 年 7 月 15 日
定價：300 元

線上讀者回函
獲得好讀資訊